Russell Stannard lehrt als international anerkannter Professor für Physik an der englischen Universität in Milton Keyne. Er ist verheiratet und hat sieben Kinder – vier eigene und drei, die er und seine Frau adoptiert haben. Russel Stannard sagt: »Meine Bücher sollen jungen Lesern die wichtigsten Dinge nahe bringen – Einsteins Relativitätstheorie und den Sinn des Lebens. Gleichzeitig versuche ich zu unterhalten.«
In der Fischer Schatzinsel sind von Russell Stannard bisher ›Durch Raum und Zeit mit Onkel Albert‹ (Band 80015), ›Onkel Albert und der Urknall‹ (Band 80055), ›Onkel Albert und die kleinsten Teilchen‹ (Band 80104), ›Hallo Sam, hier bin ich‹ (Band 80056) und ›Fragen an Onkel Albert‹ (Bd. 80254) erschienen.

Der Besuch aus Anderswo. Der Rat der Universen, der in Anderswo sitzt, hat beschlossen, die Erde und das sie umgebende Universum zu vernichten. Altes, überholtes Modell, fehlerhaft, unrentabel, nur kostspielig zu reparieren. Der Richter, den der Rat schickt, um sich auf der Erde Argumente anzuhören, die für den Erhalt unseres Planeten sprechen, ist nicht zu überzeugen. Er setzt die Vernichtung auf den nächsten Tag fest. Punkt 12.00 Uhr.
Den letzten Abend vor der Zerstörung der Erde verbringt der Richter auf der Parkbank eines kleinen englischen Ortes. Er ist müde. Da kommt er mit einer Lehrerin ins Gespräch, Physis. Sie versteht sehr schnell, wie sie die Vernichtung unseres Universums aufhalten kann: Sie verwickelt den sehr abweisend erscheinenden Richter in ein Gespräch. Fortan treffen sie sich Abend für Abend, um über die Geheimnisse unserer Erde und die entfernten Planeten zu reden, über den Zauber des Lichts, die Dimensionen von Raum und Zeit, über kleinste Teilchen und schwarze Löcher. Physis entführt den Richter (und Russell Stannard die Leser) in die Wunderwelt der Physik, mit Witz, Kenntnis und Leidenschaft. Am Ende, nach 1001 Nächten, ist die Erde gerettet – vorläufig wenigstens.

Russell Stannard

Der Besuch aus Anderswo

Wer rettet die Welt in 1001 Nacht?

Aus dem Englischen
von Ulli und Herbert Günther

Fischer Taschenbuch Verlag

Fischer Schatzinsel
Herausgegeben von Markus Niesen

Veröffentlicht im Fischer Taschenbuch Verlag GmbH,
Frankfurt am Main, Mai 1999

Die englische Originalausgabe erschien 1993
unter dem Titel ›The World of 1001 Mysteries‹
bei Faber & Faber Ltd., London

Gesamtherstellung: Clausen & Bosse, Leck
ISBN 3-596-80105-2

Nach den Regeln der neuen Rechtschreibung

Meinen Dank

all denen, die uns vor langer Zeit
die Geschichte von Tausendundeiner
arabischen Nacht schenkten.
Sie war die Inspiration für dieses Buch.

Den Kindern der Linslade Middle School
und der Cedars School, Linslade, die mir halfen,
dieses Buch zu schreiben.

Meiner Frau Maggi
für ihre stetige Unterstützung.

Inhalt

Prolog
Welt ade!

Die Welt sollte zerstört werden! Nicht nur die Erde. Das ganze Universum sollte verschwinden – die Sonne, der Mond, die Sterne, Raum, Zeit, Leben.
Alles kam wie ein gewaltiger Schock. Erst tauchte die Nachricht auf, dass unser Universum nicht das Einzige war. Es gab viele Universen. Die anderen lagen jenseits unseres Raums und unserer Zeit, deshalb hatten wir nichts davon gewusst. Sie waren alle verschieden. Jedes hatte seinen eigenen Raum, seine Zeit und seine Naturgesetze. Sie gehörten einer Organisation an, den Vereinten Universen. Auch wir waren Mitglied, obwohl bis jetzt niemand daran gedacht hatte, uns zu informieren.
Paragraph 18493/56/f in der Verfassung der Vereinten Universen lautet: *Universen müssen auf dem neuesten Stand gehalten werden.* Da lag das Problem. Unser Universum existierte seit 15 Milliarden Erdenjahren. Sein Haltbarkeitsdatum war nun überschritten. Da sei nichts zu machen, erklärte der Bund der Vereinten Universen, es müsse erneuert werden. So nannten sie das: ›erneuern‹. Unmissverständlich ausgedrückt bedeutete dies, das Universum musste zugunsten eines nagelneuen Modells ausgelöscht werden. Ohnehin, so

wurde argumentiert, gebe es inzwischen viel bessere Universen: einfacher zu unterhalten, voll computerisiert, ausgestattet mit den neuesten Errungenschaften. Zum Beispiel können jetzt Planeten jeglicher Gestalt geschaffen werden. (Runde findet man neuerdings äußerst langweilig.) Chemische Elemente? Auswählen und mischen – es gibt da endlose Möglichkeiten. Und erst die Palette moderner Regenbögen – man bekommt alle Farben, die man will.

Der andere Mangel ergab sich aus Paragraph 284619/61/b: *Universen müssen laufend ordnungsgemäß gewartet werden.* Unser Universum war in einem schlechten Zustand. Es war verschmutzt und vergiftet – keine guten Voraussetzungen, um darin zu leben. Nicht erneuerbare Ölvorräte wurden aufgebraucht, Bäume einfach verbrannt. Niemand schien sich darüber Gedanken zu machen, niemand schien mehr stolz auf diese Welt zu sein.

Immerhin war es so, dass sich die Vereinigung um Gerechtigkeit bemühte. Sie führte ihre Entscheidungen nicht sofort durch. Es gab ein Einspruchsverfahren. Der Berufungsrichter pflegte jedes Universum aufzusuchen, das für die Zerst ... äh ... Erneuerung vorgesehen war. Gab es in dem betreffenden Universum Formen von intelligentem Leben, musste der Richter mit deren Vertretern Kontakt aufnehmen und herausfinden, ob es nicht doch irgendeinen Grund gab, das Urteil noch einmal zu überdenken. Erst nach seiner Rückkehr in die Zentrale der Vereinigung in Anderswo gab er dann seine Entscheidung bekannt. Sollte es bei dem ursprünglichen Urteil bleiben, dann

lag alles bei Fred. Fred war Chef-Exterminator. »Universen auslöschen? Kein Problem, Leute«, so spricht Fred. »Heute nicht mehr, wo ich meine Schlürfott*-Heavy-Duty-Welt-Entsorgungsanlage, Typ II, habe. Viel besser als der alte Typ I. Hat scheußlich gerülpst, der Vorige. Versteht mich nicht falsch. Der hat das Universum einfach geschluckt. Irgendwie. Aber dann, wenn man schon gedacht hat, er wär fertig damit ... dann ist es ihm noch mal hochgekommen. Mann, ich kann euch sagen, das war ein Gestank! Hat sich richtig in den Kleidern festgesetzt. Aber so was kommt bei dem Neuen nicht mehr vor. Nein, bei diesem Prachtstück nicht. Der packt ein ganzes Universum, zermalmt es zu einem Punkt, dann ein hastiges Schlürf ... ftt – SCHLPP! Und aus. Als hätte dieses Universum nie existiert. Das Geheimnis? Ich will's euch verraten: ›S. L. Technologie‹ – schwarze Löcher. Das ist es! So heißt der Trick heutzutage. Unübertroffen. Ich würd nichts anderes mehr nehmen. Ich sage immer, seinen Job muss man hundertprozentig machen oder gar nicht. Und noch was ...«
Woraus man ersehen kann, dass man Fred am besten nicht allzu viel nach seiner Arbeit fragt. Er könnte ewig weiterbrabbeln über all die Universen, die er schon von der Liste der Vereinigung getilgt hatte. Tausend allein hatte sein Typ II bewältigt.

* Schlürfott ist ein Wort aus der Anderswo-Sprache. Man spricht es beim Einatmen – etwa so, als würde man gleichzeitig versuchen zu trinken.

Zu dem Zeitpunkt, an dem unsere Geschichte beginnt, war der Berufungsrichter fast am Ende seiner Tour durch das Universum angelangt. Er hatte mit Vertretern aller Formen von intelligentem Leben gesprochen – von den zehnköpfigen Parallel-Prozessoren von Pollux bis zu den Genies von Gemini, die ihr Gehirn direkt an kleine Computer anschließen.
Der Richter war müde und schlecht gelaunt. Überall hatte er sich das gleiche wehleidige Gejammer anhören müssen: Alle sorgten sich einzig darum, ihre Haut zu retten. Warum, so fragte er sich immer wieder, können die sich nicht mit der simplen Tatsache abfinden, dass ihr Universum – nach heutigem Standard – ein Auslaufmodell ist?
Sein letzter Aufenthalt sollte der Erde gelten. Der Besuch fing schon schlecht an. Alle großen Länder beanspruchten die Ehre der Gastgeberrolle für sich. Es kam zu einer größeren Auseinandersetzung. Der Richter war schockiert. »Seid ihr sicher, daß die Lebensform ›Mensch‹ nicht etwa irrtümlicherweise als intelligent eingestuft worden ist?«, fragte er die Zentrale mit Hilfe seines Videofons. Schließlich verlangte er nach einer Weltkarte und pikste irgendwo eine Nadel hin. Und so kam es, daß er seinen Gerichtssaal im Nebenzimmer des Roten Löwen einrichtete, von wo aus er den Dorfplatz von Bumbledon-with-Ketchup sehen konnte. Dieser wenig bekannte Ort inmitten der Cotswold Hills in Mittelengland war es nämlich, wohin der Generalsekretär der Vereinten Nationen sowie die Staatsoberhäupter reisen mussten, um ihre Aussagen und Argumente vorzubringen.

Erst beschwerten sie sich über die Form des Tisches, um den sie sitzen sollten, dann erhoben sie Einwände gegen die Sitzordnung, dann verlangten sie ›Vorgespräche über die Gespräche‹. Nachdem der Richter, der von Minute zu Minute gereizter wurde, alles mit einer Handbewegung abgetan hatte, machten sie sich endlich daran, ›auf das Schärfste zu protestieren‹, ›Empörung auszudrücken‹ und zu verkünden, dass die Entscheidung der Vereinigung ›unannehmbar‹ sei. Der Richter ließ sich davon nicht im geringsten beeindrucken.

»Schön«, erklärte er. »Wenn das alles ist, was Sie in eigener Sache vorzubringen haben, erkläre ich die Anhörung für beendet.« Damit klappte er seine Akte zu. »Raus jetzt – der ganze Haufen!«

Alles war in heller Aufregung. Die Protestkundgebungen reichten von Teepartys unter dem höflichen Motto HÄNDE WEG VON BASILDON im dortigen Gemeindesaal der Kirche bis zu Aufmärschen aggressiver Jugendlicher, die in Pulks durch die Straßen Liverpools zogen und brüllten: ›We are the champions! Vereinte, passt auf: Wir wissen, wo ihr steckt.‹ Was natürlich nicht stimmte; niemand hatte auch nur die blasseste Ahnung, wo Anderswo sein könnte. Bekannt war nur, dass es ›jenseits‹ aller Universen lag.

Es war Abend. Die Staatsoberhäupter und ihre Leibwächter waren in ihren schwarzen Limousinen abgereist. Zeitungs- und Fernsehreporter packten ihre Utensilien zusammen. Als die Letzten abgefahren waren, atmetete man erleichtert auf in Bumbledon.

Nur der auf dem Dorfplatz verstreute Müll zeugte von den Ereignissen der vergangenen Tage.
Auf der Bank neben dem Teich saß eine einsame Gestalt, eine Frau. Sie hieß Physis.* Sie beobachtete, wie die Sonne hinter der Schule unterging, in der sie als Lehrerin arbeitete. Physis liebte ihren Beruf. Sie mochte die Kinder. Es machte ihr Spaß, mit ihnen zu lernen, sie waren so neugierig. Aber die Arbeit war auch anstrengend und am Ende des Tages kam Physis gern hierher und setzte sich, bevor sie sich auf den Heimweg machte, für ein ruhiges Viertelstündchen auf die Bank. Sie war froh, dass alle Besucher weg waren.
Aber waren wirklich alle weg? Eine große Gestalt kam den Weg herauf, schwarz gekleidet, einen Spazierstock in der Hand. Physis kannte den Mann nicht. Als er bei ihr angekommen war, blieb er stehen. »Entschuldigung«, sagte er. »Ob Sie wohl etwas dagegen hätten, wenn ich ...« Er nickte in Richtung Bank.
»Natürlich nicht«, antwortete sie und rückte zur Seite.
Er schien erleichtert, eine Gelegenheit zum Sitzen gefunden zu haben. »Ah, das ist schon besser«, seufzte er. Er war ziemlich alt.
»Schöner Sonnenuntergang heute«, sagte Physis.
»Ja«, gab er zurück.
»Neu in der Gegend?«, fragte sie.
»Ja. Auf der Durchreise.«
»Ein Jammer, dass Sie ausgerechnet das hier erleben

* Jawohl, noch so ein merkwürdiger Name, aber diesmal nicht aus der Anderswo-Sprache. Er wird einfach ›Füsis‹ ausgesprochen.

müssen«, sagte sie, als ihnen der leichte Wind einen Wirbel aus Schokoladenpapieren und leeren Zigarettenschachteln um die Füße trieb. »Was für eine Schweinerei. Der Platz war früher so hübsch und sauber. Manchmal glaube ich, dass die von der Vereinigung gar nicht so Unrecht haben«, setzte sie seufzend hinzu.

Der Fremde hob eine Augenbraue. »Wie meinen Sie das?«, fragte er.

»Ach, nichts. Es ist nur ... Na ja, sie sagen, wir hätten unsere Welt verkommen lassen. Wir kümmerten uns nicht richtig darum. Wenn ich den Abfall hier sehe, muss ich ihnen irgendwie Recht geben.«

Er schmunzelte. »Ich sage das schon seit längerem. Schön, wenn mir zur Abwechslung mal jemand beipflichtet.«

»Warum? Ist es denn so schlimm dort, wo Sie herkommen? Woher kommen Sie – wenn Sie die Frage erlauben?«

»Anderswo. Aus einem Ort namens Anderswo.«

»Anders ...!« Erschrocken sprang Physis auf. »Sie ... Sie ...«

»Was ist?«, fragte er. »Hab ich was Merkwürdiges gesagt? Bitte ...«

»Sie sind der RICHTER!«, rief sie aus.

Er zwinkerte. »Ich dachte, das wüssten Sie. Tut mir Leid. Ich hätte mich vorstellen sollen. Ja, ich bin der Berufungsrichter. Bitte, wollen Sie nicht wieder Platz nehmen?«

»Aber ...«

Sie setzte sich wieder.

»Aber was?«, sagte er. »Ich sehe wohl nicht so aus, wie Sie erwartet haben?«

»Ich weiß gar nicht, was ich erwartet habe«, erwiderte sie. »Wahrscheinlich habe ich nicht gedacht, dass Sie so ...«

»... dass ich so gewöhnlich aussehe?«, schlug er vor. »Sie haben nicht erwartet, dass einer aus der Anderswelt aussieht wie ein Mensch?«

»Nein.«

»Lassen Sie sich nicht täuschen, meine Liebe. Normalerweise sehe ich nicht so aus. Das hier ist nicht mein richtiges Ich. Das ist nur eine taktile holographische Rekonstruktion.«

»Eine was?«

»Ein Hologramm. Sie wissen doch, diese dreidimensionalen Bilder. Ich habe ein Gerät, das die jeweilige Form von Leben ertasten kann, mit der ich gerade zu tun habe, und es umgibt meine wirkliche Person mit einem Hologramm, das dieser Form von Leben gleicht.«

»Wie raffiniert!«, rief Physis. »Ich würde gern wissen, wie das funktioniert.«

»Das wäre wohl etwas zu kompliziert, um es zu erklären – wenn man von dem Stand Ihrer wissenschaftlichen Erkenntnisse ausgeht. Ich meine nicht Ihre persönlichen Erkenntnisse. Fühlen Sie sich nicht beleidigt. Nein, ich meine den wissenschaftlichen Kenntnisstand dieses Universums.«

»Aber wenn Sie nur ein Hologramm sind«, fuhr Physis fort, »sind Sie ... also, dann sind Sie ja nur eine Erscheinung. Es ist eigentlich überhaupt nichts da.«

Sie streckte ihre Hand aus und wollte durch seinen Kopf hindurchfassen – und schlug prompt dem Richter ins Gesicht!
»Oh!«, schrie sie auf. »Oh, das tut mir furchtbar Leid! Ich habe nicht daran gedacht ...«
»Nein, das haben Sie wohl nicht«, grollte der Richter. Er war sehr ärgerlich. »Habe ich nicht gesagt, daß ich ein *taktiles* Hologramm bin? Taktil – man kann es *anfassen, ertasten.*«
»Aber von so etwas hab ich noch nie gehört ...«
»Schon gut, schon gut«, knurrte er und beruhigte sich wieder. »Nein, taktile Hologramme kann man in einem Universum wie diesem wohl nicht herstellen.«
Peinliche Stille breitete sich aus. Schließlich räusperte sich Physis. »Ähem. Warum benutzen Sie ein Hologramm? Warum behalten Sie nicht Ihre normale äußere Erscheinung?«
Er warf ihr einen eisigen, irgendwie bedrohlich wirkenden Blick zu.
»Das wäre unklug. Glauben Sie mir. Es ist besser so. Es ... es hilft den Leuten, sie fühlen sich auf diese Weise wohler, unbefangener.« Dann ergänzte er drohend: »Außerdem sind sie dann nicht so auf der Hut – und das hilft mir: Ich kann sie so beurteilen, wie sie wirklich sind.«
Physis überlegte, was er damit meinte, beschloss dann jedoch, das Thema zu wechseln. »Wie ... wie lange haben Sie vor zu bleiben? Ich sehe, dass heute Abend offenbar alle abgefahren sind.«
»Ja, die Anhörungen sind vorüber. Ich reise morgen ab.«

»Oh. Muss ich das so verstehen, dass Sie … sich entschieden haben?«
Er nickte ernst.
»Ich verstehe«, sagte sie. »Darf ich fragen, wie Sie entschieden haben?«
Ein Anflug von höhnischem Grinsen zuckte über sein Gesicht.
»Oh«, sagte Physis leise.
Sie schauderte leicht – vor Angst, vor Wut oder auch vor Kälte. Die Sonne war jetzt untergegangen und die Herbstluft, die mit den Papierresten zu ihren Füßen spielte, war kühl geworden.
Sie wollte protestieren, sie wollte herausschreien, dass die Welt ein großartiger, ein ganz wundervoller Ort sei. Genau das sagte sie auch ihren Kindern immer. Dieses Universum unterschied sich von den meisten anderen. Es war die Heimat von Lebewesen – die Heimat von Menschen. Man kann doch nicht einfach daherkommen und Menschen umbringen!
Aber sie wagte es nicht. In der Zeitung hatte sie von den fürchterlichen Wutanfällen des Richters gelesen. Außerdem – hatten nicht all die klugen Premierminister und Präsidenten zu protestieren versucht? Und es hatte sie keinen Deut weitergebracht. Nein, sie durfte nichts sagen.
Langsam entstand ein Plan in Physis' Kopf …
»Na ja«, sagte sie resigniert. »Wenn ich ehrlich sein soll – ich kann nicht behaupten, dass es mich überrascht.«
»Nein?«
»Ach, nein. Den Fortschritt kann man nicht aufhalten. Und es lässt sich nicht abstreiten, dass unser gutes

altes Universum etliche Jahre auf dem Buckel hat. 15 Milliarden Jahre – das ist so alt, dass meine Kinder sich nicht annähernd eine Vorstellung davon machen können.«
»Ihre Kinder? Wie viele haben Sie denn?«, fragte er.
»Fünfundzwanzig.«
»Was! Fünfundzwanzig?«
Sie lachte. »Keine eigenen Kinder. Also, nicht direkt. Nein, ich unterrichte dort drüben«, erklärte sie und zeigte auf das Schulhaus auf der anderen Seite des Dorfplatzes.
»Welchc Fächer?«, fragte er.
»Ich muss alles unterrichten. Aber am liebsten unterrichte ich die naturwissenschaftlichen Fächer.«
Eine Weile saßen sie in Schweigen versunken.
»Sagen Sie«, fing sie schließlich wieder an, »wann ist ... Sie wissen schon. Wann ist es so weit?«
»Sobald ich zurück bin – morgen Mittag.«
»Aha. Nun, ich denke, es hat keinen Zweck, die Sache hinauszuschieben, wenn die Entscheidung gefällt ist.«
Er lächelte. »Ich muss wirklich sagen, es ist erfrischend, jemanden zu treffen, der so geradlinig und vernünftig denkt. Ein großes Plus. Ich wünschte nur, es gäbe mehr Menschen wie Sie. Das würde meine Arbeit bedeutend erleichtern, kann ich Ihnen versichern.«
»Ach, wie dumm«, murmelte Physis vor sich hin. »Das ist schade ... morgen Mittag, sagen Sie?«
»Warum? Wo liegt das Problem?«
»Ach, nichts. Es ist nur ... also, es ist so, dass wir in Physik gerade an der Stelle sind, wo ich meinen Kindern vom Licht erzählen will – vom listigen Licht ...«

»Entschuldigung, haben Sie ›Licht‹ gesagt?«, fragte er nach.
»Ja.«
»Und *listig*? Haben Sie *listig* gesagt? Tut mir Leid, ich verstehe nicht ganz...«
»Ich meine damit die Eigenschaften von Licht: warum es immer in Eile ist, warum es beim Wettrennen mogelt, warum es der große Verwandlungskünstler ist...«
»Ich... ich kann Ihnen nicht ganz folgen. Wie soll denn Licht *mogeln*? Und was soll das mit der Verwandlung?«
Physis war inzwischen aufgestanden. »Ich muss los. Es ist schon ziemlich kühl. Nett, Sie kennengelernt zu haben...«
»So warten Sie doch«, protestierte der Richter. »Ich bestehe darauf zu erfahren, was Sie da eben sagen wollten!«
»Tut mir Leid, das geht jetzt nicht. Mir ist kalt. Ich zittere schon richtig, sehen Sie: Gänsehaut. Außerdem hab ich zu tun... Aber ich sage Ihnen was: Morgen könnte ich wiederkommen, wenn Sie wollen – nach dem Unterricht. Ich könnte Ihnen das gleiche erklären wie den Kindern...« Sie brach ab. »Ach, nein, das geht ja gar nicht. Habe ich ganz vergessen. Es wird kein Morgen geben – kein ›morgen Abend‹.« Sie zuckte mit den Schultern. »Also, dann.« Sie lachte leise. »So werden Sie es eben nicht erfahren.«
Physis' Blick schweifte in die Ferne. »Listig habe ich gesagt?«, fuhr sie fort. »Licht ist GENIAL!« Und damit machte sie auf dem Absatz kehrt und ging schnell davon.

»Nein, nein«, grummelte der Richter hinter ihr her und fuchtelte mit seinem Spazierstock. »Warten Sie! Warten Sie einen Moment, verdammt noch mal!« Er kramte in seiner Manteltasche. Dann donnerte er: »KOMMEN SIE ZURÜCK!« Seine Stimme dröhnte über den ganzen Dorfplatz. Im Roten Löwen wackelten die Fensterscheiben. An den Bäumen bewegten sich die Äste und ließen einen Regen vergilbter Blätter fallen. Physis spürte, wie ihr das Blut stockte. Wie angewurzelt blieb sie stehen. Als sie brav zu der Bank zurückgekehrt war, studierte er in aller Gemütsruhe sein Notizbuch.
»Wie ich vermutet habe«, murmelte er. »Ich habe morgen nichts Besonderes vor. Deshalb kann ich meine Rückreise um vierundzwanzig Stunden verschieben. Und warum auch nicht? Immer diese Hetzerei. Ich habe mir ein bisschen Ruhe verdient. Ich esse um 19.30 Uhr. Sie werden also so gut sein und sich pünktlich um 21.00 Uhr melden.« Er nickte in die Richtung des Roten Löwen. Dann zog er seinen Hut. »Gute Nacht«, sagte er und gab ihr mit einer Geste zu verstehen, dass sie sich jetzt entfernen solle.
Der Richter steckte sich eine Pfeife an, strich sich über das Kinn und versank in Gedanken.
Physis lief nach Hause.
Meine Güte, dachte sie, auf was hab ich mich da eingelassen?

Der listige Verwandlungskünstler

Physis war pünktlich. Sie wurde ins Nebenzimmer geführt.
»Wo sind denn Ihre Gäste?«, fragte sie den Wirt. »Gegen Abend ist es doch sonst immer rappelvoll.«
»Nicht, seit *er* da ist«, war die Antwort. »Der Raum hier bleibt seiner persönlichen Nutzung unterstellt – so hat er's ausgedrückt. Die Stammkunden müssen im Schankraum bleiben.« Er zog die Schultern hoch. »Mit so einem ist nicht zu spaßen. Und überhaupt«, setzte er düster hinzu. »Warum sich noch groß aufregen? Morgen ist sowieso alles vorbei. Bis dahin hat er sich eingetragen. Dann kommt der große Schlag, stimmt's?« Mit der Hand machte er eine Geste, als wolle er sich die Kehle durchschneiden. »Aber setzen Sie sich. Er hat gerade erst mit seinem Essen angefangen.«
»Ach, aber ich dachte, er hat gesagt...«
Tatsächlich war es beinahe zehn Uhr abends, als der Richter in das Nebenzimmer schlenderte. Er sah Physis beinahe überrascht an. »Ach ja, das habe ich ganz vergessen. Verzeihen Sie bitte...« Er suchte nach ihrem Namen.
»Physis. Ich heiße Physis«, sagte sie schüchtern.

»Ach, ja. Wie war das noch mal ...? Licht? Sie wollten mir etwas über das Licht erklären? Übrigens – lange wird es doch wohl nicht dauern? Ich muss morgen unbedingt früh aufbrechen.« Er machte es sich in einem Sessel bequem und zündete seine Pfeife an.

»Also«, begann Physis. »Licht ist etwas ganz Besonderes. Es hält den Geschwindigkeitsweltrekord. Durch leeren Raum bewegt es sich mit 300 000 Kilometern pro Sekunde.«

»Pro Sekunde?«, murmelte der Richter. »Erdensekunden natürlich. Das bedeutet ... Hmmm ... Ich verstehe, was Sie meinen. Das ist ziemlich schnell. Mächtige Herausforderung für andere, da mitzuhalten, was?«

»Ah«, sagte Physis. »Das eben ist das Interessante daran: Es hat gar keinen Zweck, mithalten zu wollen. Dieser Rekord kann nie gebrochen werden.«

»Seien Sie nicht albern. Selbstverständlich kann er gebrochen werden. Und er *wird* gebrochen werden. Vielmehr, er *würde* gebrochen werden, eines Tages, wenn dieses Universum nicht ... Sie wissen schon ... So ist das mit allen Rekorden. Sie werden *immer* gebrochen.«

»Aber dieser nicht«, beharrte Physis. »Er ist nicht einfach wie ...«

»Hören Sie, meine Liebe«, unterbrach der Richter. »Wenn etwas schneller sein soll, versetzt man ihm einen Stoß. Soll es noch schneller sein? Dann macht man den Stoß kräftiger und länger. Es gibt keine Grenze, wie kräftig und wie lange man stoßen kann, also ist es ja wohl einleuchtend, dass es keine Grenze für irgendeine Geschwindigkeit gibt.«

»Aber es gibt eine Grenze«, sagte Physis. »Darf ich ...?« Sie stellte einen Kasten aus Kunststoff auf den Tisch und klappte ihn auf.
»Was haben Sie da?«, erkundigte sich der Richter.
»Einen Videodisc-Player. Ich habe mir gedacht, er wird uns von Nutzen sein. In der Schule arbeite ich ständig damit. Ich wollte Ihnen etwas zeigen, das ich heute Nachmittag den Kindern vorgeführt habe.«
Sie schloss ihn an und schaltete ein. Ein Bild erschien auf dem Schirm: ein mächtig dickes, gerades Rohr, das sich weit in die Ferne erstreckte.
»Das ist ein drei Kilometer langer Apparat. Er ist so konstruiert, dass man Teilchen darin beschleunigen kann. Man bestückt ihn mit den kleinsten Teilchen unseres Universums. Sie heißen *Elektronen*. Sie wiegen kaum etwas, deshalb kann man sie gut beschleunigen. Es ist viel einfacher, etwas in Bewegung zu setzen, wenn man einen leichten Gegenstand anstößt als einen schweren ...«
»Selbstredend«, unterbrach der Richter sie ungeduldig. »Ich bin nicht eins von Ihren Kindern. Kommen Sie endlich zur Sache.«
»Entschuldigung ... Was ich also sagen will – falls irgendein Teilchen den Geschwindigkeitsrekord von Licht brechen wird, kann es nur das Elektron sein – und zwar in einem Apparat wie diesem.«
»Und?«
»Es *kann* aber nicht geschehen. Egal, wie kräftig oder wie lange der Apparat das Elektron anstößt, es holt den Lichtstrahl nie ganz ein. Bis auf einen winzigen Bruchteil eines Prozents kann das Elektron an die Licht-

geschwindigkeit herankommen, aber niemals kann es sie ganz erreichen – geschweige denn übertreffen.«

»Aber warum nicht?«, fragte der Richter, offensichtlich nicht überzeugt. »Das ergibt doch keinen Sinn.«

»O doch, das ergibt sehr wohl einen Sinn«, erwiderte Physis. »Licht ist listig. Es hat dafür gesorgt, dass es ein Handicap-Rennen ist.«

»Was ist denn das? Ein *Handicap-Rennen*?«

»Beim Pferderennen ist es so«, erklärte Physis, »dass ein Pferd, das immer wieder sein Rennen gewinnt, ein zusätzliches Gewicht aufgelegt bekommt. Dadurch wird es im nächsten Rennen langsamer, und so bekommen die anderen Pferde ihre Chance. Es wird schließlich langweilig, wenn *immer* dasselbe Pferd gewinnt. Das zusätzliche Gewicht nennt man Handicap. Je stärker und schneller das Pferd, desto schwerer das Handicap.«

»Aber was hat das mit Elektronen zu tun?«

»Ich komme gleich darauf, Sir«, sagte Physis. »Der springende Punkt ist, dass sich Elektronen und andere Teilchen – alle, die versuchen, mit dem Licht um die Wette zu rennen – selber in einem Handicap-Rennen befinden. Sobald sie Geschwindigkeit aufnehmen, bekommen sie zusätzliches Gewicht. Schneller? Noch mehr Gewicht. Und – ganz klar – je höher das Gewicht, desto schwerer lässt sich das Teilchen beschleunigen. Die Elektronen in diesem Apparat«, fuhr Physis fort und deutete auf den Bildschirm, »sind am Ziel ihrer drei Kilometer langen Rennstrecke 40 000-mal schwerer als am Start! Und das Schönste ist – es handelt sich um ein Handicap-Rennen von

Anfang an. Es ist nicht etwa so, dass sie – ausgehend von ihrem vorherigen Ergebnis – ihr zusätzliches Handicap im nächsten Rennen aufgelegt bekommen. Nein, sie bekommen es gleich im ersten Rennen. Je schneller sie in diesem Rennen sind, desto mehr Gewicht tragen sie. Das geht ganz automatisch.«

»Aber wie ist es mit Licht?«, fragte der Richter. »Was für ein Handicap bekommt das Licht?«

»Keines«, erwiderte Physis. »Überhaupt keines. Deshalb gewinnt es immer. Deshalb wird seine Rekordmarke nie fallen.«

»Aber das ist unfair«, rief der Richter.

»Genau. Das habe ich ja gesagt. Licht ist sehr listig. Es mogelt.« Und dabei schaltete sie den Videodisc-Player aus und packte ihn zusammen.

»Hmmmm«, machte der Richter. »Das war recht interessant.«

»Ja«, sagte sie. »Meine Kinder finden es spannend. Wenn auch nicht ganz so spannend wie die Sache mit den Abkürzungen. Das finden sie nun *wirklich* interessant.«

»Was meinen Sie damit?«

»Ach, nichts«, sagte sie und zog ihren Mantel an.

»Nein, erklären Sie es mir. Es interessiert mich. Abkürzungen, sagen Sie? Was meinen Sie damit?«

»Es würde zu lange dauern. Vergessen Sie nicht, dass Sie morgen früh los wollen. Außerdem brauchte ich ein anderes Video. Schade. Auf jeden Fall war es sehr nett, mit Ihnen zu plaudern. Gute Nacht. Und gute Reise ...«

»Nein, warten Sie«, sagte er hastig. »Hm ... lassen Sie mich überlegen ...«

»Aber Sie müssen morgen nach Hause«, sagte Physis.
»Ich *muss* nicht«, erklärte er verdrießlich. »Ich *muss* überhaupt *nichts*.«
»Nun, wenn Sie sich entscheiden könnten, noch einen Tag zu bleiben . . .«
»Ich könnte . . . Ja, das ließe sich wohl machen. Noch *einen* Tag. Nur den einen, natürlich. Und dann sollte ich wirklich zurückkehren . . . Abkürzungen, sagen Sie? Licht nimmt Abkürzungen, ja? Klingt aufregend.« Er schien fast ein bisschen vergnügt. »Also dann. Morgen Abend. Hier um die gleiche Zeit.«
»Wann soll das sein? Ich war um neun Uhr hier wie ausgemacht.«
Seine Augen blitzten ärgerlich. Sie biss sich auf die Lippe.
»Sie sind bitte um die gleiche Zeit hier«, erwiderte er frostig.
Physis eilte nach Hause. »Immerhin ist die Welt für einen weiteren Tag gerettet.«

Am nächsten Abend, dem *zweiten* nach ihrer Begegnung auf dem Dorfplatz, ging Physis gleich ins Nebenzimmer des Roten Löwen. Wieder hatte sie ihren Videodisc-Player dabei. Sie war gerade dabei, ihn auszuprobieren, da kam der Richter hereinspaziert – um halb zehn Uhr.
»Da treffen wir uns also wieder«, sagte er und ließ sich in seinem Sessel nieder. »Und was haben Sie heute für sich vorzubringen?«
»Gestern habe ich Ihnen erzählt, wie schnell Licht ist. Licht ist unser Bote. Es kommt von weit ent-

fernten Zielen und meldet uns, was es dort draußen gibt.«

»Das ist mir schon aufgefallen«, bemerkte der Richter. »Eine äußerst nützliche Besonderheit. Ungewöhnlich für ein altmodisches Universum wie Ihres. Normalerweise sind diese älteren Modelle nicht mit Licht ausgestattet. Man muss sich gewöhnlich um sie herumtasten. Qualvoll langwierige Angelegenheit. Kann *buchstäblich* qualvoll sein«, sagte er und lachte schmerzlich. »Ich habe mir so manches Schienbein angestoßen im Laufe der Zeit, das kann ich Ihnen sagen.«

»Also, wie gesagt«, fuhr Physis fort, »Licht kommt mit seinen Botschaften sehr schnell zu uns – nicht nur, weil es schnell fliegt, sondern auch, weil es die kürzeste Route kennt. Ich will es Ihnen zeigen.«

Auf dem Bildschirm erschien ein Junge, der einen Vogel in einem Baum beobachtete.

»Das Licht geht in gerader Linie von dem Vogel zu dem Jungen«, sagte Physis. »Das ist die kürzeste Entfernung und also die kürzeste Strecke.«
»Ich weiß, ich weiß«, sagte der Richter. »Was ist das schon?«
»Aber beachten Sie nun, was hier passiert«, redete Physis hastig weiter.
Der Junge sah jetzt einen Fisch an, der reglos über dem Grund eines Teiches stand.
»Welche Strecke nimmt das Licht jetzt, um zu dem Jungen zu kommen? Vom Fisch aus?«, fragte sie.
»Eine gerade Linie natürlich. Die kürzeste Strecke. Hören Sie, wenn das alles ist, was Sie ...«
»Nein, tut mir Leid. Das ist nicht ganz richtig. Es ist keine gerade Linie.«
»Nicht? Aber Sie haben gesagt, es nimmt die kürzeste ...«
»Schon, aber durch Wasser hindurch bewegt sich das Licht langsamer.«
»Oh.«
»Ja. Wie ja auch wir schneller laufen als schwimmen können. Um also in der kürzest möglichen Zeit ans Ziel zu kommen – zum Auge des Jungen –, ist es günstiger, eine andere Strecke zu wählen, eine zwar insgesamt längere, aber im Wasser kürzere.« Damit zeigte Physis auf dem Video den tatsächlichen Weg, den das Licht nahm – es war ein gekrümmter Weg.
Der Richter machte ein verblüfftes Gesicht. »Lassen Sie mich auch mal. Wie funktioniert das Ding?«
Physis zeigte ihm, wie man den Apparat bediente und wie man damit verschiedene Wege zwischen dem

Fisch und dem Auge des Jungen ausprobieren konnte. In der rechten oberen Ecke des Bildschirms erschien die Zeitangabe, die das Licht für den jeweiligen Weg gebraucht hätte. Der Richter experimentierte mit verschiedenen Strecken. Natürlich war der von dem Lichtstrahl tatsächlich gewählte Weg der schnellste.
»Wie interessant«, murmelte er. »Das ist ja raffiniert. Als wüsste das Licht *im Voraus*, wo es auftreffen wird – im Auge des Jungen. Dann bewegt es sich genau in der richtigen Richtung, wobei es die schnellste Strecke schon ausgerechnet hat. Wie merkwürdig.«
Er lehnte sich in seinem Sessel zurück und strich sich über das Kinn. »Danke, meine Liebe. Das war recht ... unterhaltsam.« Er stand auf. »Und nun, wenn es Ihnen nichts ausmacht ...«
»Natürlich«, sagte Physis. »Wenn Sie wollen, kann ich morgen wiederkommen ...«
»Nein, nein. Morgen bin ich weg, das wissen Sie doch«, sagte der Richter.
»Aber ich habe Ihnen noch gar nichts über ...«
Mit einem kurzen Blick brachte der Richter sie zum Schweigen. Sie packte still den Videodisc-Player ein und verließ das Wirtshaus.
Das war's also mit meinem Plan, dachte sie, während sie nach Hause trottete. Dummkopf! Hätte ich mir doch denken können, dass sich so einer wie er nicht lange täuschen läßt. Also: Aus mit dem Spiel um Zeit.

Am nächsten Morgen machte sich Physis schweren Herzens auf den Weg zur Schule. Es hatte ja wohl kaum Zweck, Unterricht zu halten – am letzten Tag

der Welt. Die erste Stunde verbrachte sie damit, die älteren Kinder zu trösten. Sie hatten natürlich in der Zeitung vom Ende der Welt gelesen und waren deshalb von der Nachricht nicht überrascht, dass es für heute angesetzt war – sobald der Richter wieder in Anderswo sein würde. Die Kleinen zeichneten und malten weiter, als sei nichts geschehen. Man wolle sie nicht unnötig aufregen – darauf hatten sich die Erwachsenen einstimmig geeinigt.
Mitten in der Stunde klingelte das Telefon im Sekretariat. Es war der Richter. Er wünschte Einzelheiten über den Videodisc-Player: ob das Gerät auch noch andere Beispiele bearbeiten könne als die, welche Physis ihm am gestrigen Abend vorgeführt hatte? Mit Licht, das nicht nur durch Wasser ging, sondern durch Glas, Diamant und Quarz? Und mit Licht, das durch verschieden geformte Gegenstände ging, nicht nur durch flache wie die Oberfläche des Teichs? Physis sagte ihm, dass solche Experimente damit sehr wohl möglich seien.
»Schön. Dann seien Sie so nett und bringen Sie ihn nach der Schule vorbei«, sagte er.
»Aber ich dachte …«
»Tun Sie, was ich sage.«
»Ja, Sir«, sagte Physis einigermaßen überrascht.

So kam es also, dass Physis sich am *dritten* Abend wieder im Nebenzimmer des Roten Löwen einfand. Der Richter erschien – rechtzeitig. Bald stellte sich heraus, dass ihm Physis' Erklärungen von gestern Abend mächtig Kopfzerbrechen bereitet hatten, vor allem die Sache mit dem Licht, das immer den kürzesten Weg

wählte. Nun hatte er ein paar Ideen, die er ausprobieren wollte. Mit Physis' Hilfe lernte er den Umgang mit dem VD-Player, und dann beobachtete er, wie Licht durch Glasscherben, Quarzprismen, Diamantkristalle oder Wannen mit Wasser ging.
Ohne den geringsten Irrtum gelangte das Licht jedes Mal auf dem schnellsten Weg ans Ziel.

Am *vierten* Abend versuchte der Richter, den Lichtstrahl zu überlisten, indem er ihn hintereinander durch verschiedene Gegenstände schickte – durch Sachen aus unterschiedlichem Material, was unterschiedliche Lichtgeschwindigkeiten zur Folge hatte. Aber wieder machte der Lichtstrahl nicht einen einzigen Fehler, egal, wie der Richter Entfernungen und Winkel veränderte.

Am *fünften* Abend versuchte er es mit Linsen, das heißt mit gekrümmten Oberflächen statt mit flachen. Bestimmt wird das den Lichtstrahl täuschen, dachte er. Aber nein.

Am *sechsten* wollte er es ganz besonders schlau anfangen. Er ließ das Licht durch ein Material laufen, in dem sich – während es tiefer und tiefer eindrang – seine Geschwindigkeit *allmählich* änderte. Physis reizte den Richter durch ihr Lachen. »So tricksen Sie das Licht nie aus«, rief sie. »Das kommt ja oft vor: An einem heißen Tag ist die Luft dicht am Boden heißer als weiter oben und in der unteren Schicht bewegt sich das Licht schneller. Das bedeutet, die Lichtstrahlen *dicht* über dem Boden werden gekrümmt. So entstehen Luftspiegelungen.«

»Na schön, na schön«, knurrte der Richter sichtlich verärgert. »Zeitverschwendung. Es ist ja wirklich ganz einleuchtend: Eigenschaften verändern sich allmählich – das Licht folgt einer gekrümmten Bahn. Keine große Sache.«

»Ist es auch nicht«, gab ihm Physis recht. »Ich bin überzeugt, Sie sind schon oft auf derartige Dinge gestoßen.«

»Selbstverständlich. Also ... nicht direkt. Nicht in den anderen Universen, die ich zu überprüfen hatte. Aber es ist nichts Besonderes.«

»Nein. Nichts Besonderes«, sagte sie. »War nett, dass Sie sich trotzdem dafür interessiert haben.«

»Nun, selbst jemand wie ich braucht mal ein wenig Zeit zur Entspannung, Zeit für ein paar Spiele. Und solche Dinge.«

»Natürlich. Immer nur arbeiten und nie spielen ...«

»Hm?«

»Nichts. Nur so eine dumme Redensart von uns hier auf der Erde.«

»Oh.«

»Morgen brechen Sie also auf. Tut mir Leid, dass ich Ihre Pläne ein bisschen durcheinander gebracht habe«, sagte Physis.

»Macht nichts«, sagte der Richter und erhob sich. »Es war mir ein großes Vergnügen, Physis, mit Ihnen zu plaudern.«

»Auch mir haben unsere Unterhaltungen Spaß gemacht. Schade, dass wir sie nicht fortsetzen können.

Noch ein Tag und der ganze Unterschied wäre deutlich geworden.«
»Unterschied?«, fragte er argwöhnisch.
Sie zog die Schultern hoch. »Ach, nicht so wichtig. Wie Sie schon gesagt haben – es ist keine große Sache, wenn Licht auf dem Weg durch ein Medium wie Luft, dessen Eigenschaften sich langsam verändern, einer gekrümmten Bahn folgt. Ich hätte Ihre Zeit nicht mit solchen Kleinigkeiten vertun sollen. Doch wenn Licht eine gekrümmte Bahn im *leeren Raum* beschreibt – das ist schon als Wunder zu betrachten.«
»Wie bitte? Wie kann Licht im leeren Raum einer gekrümmten Bahn folgen? Wir haben doch festgestellt, dass es im leeren Raum immer den schnellsten Weg wählt – und das muss eine Gerade sein.«
Physis lächelte. »O nein«, sagte sie. »Die Sache mit dem Raum dieses Universums ist viel komplizierter.«
»Wie meinen Sie das?«
»Also«, sagte Physis, »das ist so ... O nein. Ich kann es Ihnen nicht zeigen ... nicht heute Abend. Ich habe nicht das richtige Video dabei. Ich hatte nicht damit gerechnet, dass wir auf dieses Thema kommen ... Es gibt wohl keine Chance, dass ...? Nein, natürlich nicht ...«

Am *siebten* Abend zeigte der VD-Player die Erde – von Sternen umgeben – als winzigen Punkt am Himmel.
»Stellen Sie sich nun vor, dass von dem obersten Stern Licht zur Erde gelangt«, sagte Physis. »Auf seinem Weg muss es dicht an dem anderen Stern dort vorbei. Welche Bahn wird es nehmen?«

»Ist der Raum leer – bis auf die Sterne?«, fragte der Richter. »Keine Luft oder sonst etwas zwischen den Sternen und der Erde?«
»Davon können Sie ausgehen.«
»Na, dann – was ist das Problem?«
Er setzte sich an den VD-Player und zog eine Gerade von dem entfernten Stern bis zur Erde, dicht vorbei an dem dazwischenliegenden Stern.
Auf dem Bildschirm blitzte auf: FEHLER.
Dann erschien folgendes Bild:

Die von dem Stern ausgehende Linie auf dem Bildschirm zeigte – im Vergleich zu der Linie, die der Richter gezogen hatte – einen leicht abgeänderten Winkel. Einen Teil der Strecke verlief sie gerade, doch als sie sich dem Stern in der Mitte näherte, krümmte sie sich zu ihm hin. Danach wurde sie wieder gerade, bevor sie auf die Erde traf.
»Das ist dumm!«, rief der Richter erbost. »Die Bahn hat ja einen Knick.«

»Stimmt«, sagte Physis. »Das kommt von der Schwerkraft oder Gravitation. Der Stern in der Mitte hat Schwerkraft und die beeinflusst den Raum ringsum.«
»Aber der Raum ist leer«, protestierte der Richter. »Das haben Sie doch gesagt.«
»Ja, ich weiß«, sagte Physis. »Aber selbst leerer Raum wird von der Schwerkraft beeinflusst. In solchem von der Schwerkraft beeinflussten Raum kommt Licht langsamer voran. Wie es also für Licht ungünstig ist, sich lange durch Wasser zu bewegen, wo seine Geschwindigkeit niedriger ist, will es sich auch nicht lange durch ›verlangsamten‹ Raum bewegen. Schneller geht es, die längere Strecke zu nehmen – nicht Ihre Gerade.«
»Erstaunlich«, bemerkte der Richter. »Ich muss sagen, dass ich nie auf ein Universum gestoßen bin, dessen Raum sich so verhält – und ich habe schon eine ganze Reihe von Universen erneuert.«
»Ha«, rief Physis mit wegwerfender Geste. »Das ist noch gar nichts. Raum kann wirklich total verrückt spielen ...«

Am *achten* Abend erklärte Physis, dass Licht wie eine Welle ist. Schaltet man eine Lampe an, verhält sich das Licht ähnlich kleiner Wasserwellen, die sich auf einem Teich ausbreiten.
»Und?« Der Richter zog die Schultern hoch.
»Aber Licht kommt durch leeren Raum zu uns – vom Mond, von der Sonne und von den Sternen«, sagte Physis.
»Ja, ich weiß«, sagte der Richter. »Was ist dabei?«

»Durch *leeren* Raum«, wiederholte Physis mit Nachdruck. »Wenn Licht eine Welle ist, der Raum jedoch leer – *was wellt sich* dann?«

Der Richter war verblüfft. Er war dermaßen sprachlos, dass er überzeugt davon war, hier müsse sich irgendwo ein Fehler verstecken. »Hören Sie«, sagte er beharrlich, »Sie müssen das falsch verstanden haben. Wenn Licht durch leeren Raum geht – wie es eindeutig der Fall ist –, dann kann es unmöglich eine Welle sein.«

Die folgenden *zehn* Abende vergingen damit, dass Physis dem Richter in einem Experiment nach dem anderen beweisen musste: Licht verhält sich wirklich wellenförmig. Für Physis war das alles ziemlich anstrengend. Es bedeutete, kistenweise Gerätschaften vom Schulhaus über den Dorfplatz zum Roten Löwen zu schleppen – Laser, Platten mit Spalten und Schlitzen, Linsen, Gitter, Polaroid-Platten – und das alles auch wieder zurück.

Aber endlich kam der Augenblick ihres Triumphes.

»O. k., o. k.«, rief der Richter. »Das reicht. Sie haben gewonnen. Licht ist eine Welle.«

Physis grinste vor Erleichterung. Doch dann runzelte sie die Stirn.

»Was ist?«, fragte der Richter.

»Nichts, nichts«, sagte sie hastig. »Also . . .«

Der Richter wartete. »Ja? So reden Sie doch. Was gibt's?«

»Sehen Sie . . . Sind Sie sicher, daß Sie das nicht alles längst wissen? Ich habe nur mal so überlegt – Sie als der große Richter von Anderswo sind immerhin verantwortlich für die Entscheidung, welche Universen bestehen bleiben und welche nicht. Sie müssen doch einfach wissen, wie sie beschaffen sind. Wie können Sie angemessen entscheiden, wenn ...«

»Haben Sie eine Ahnung, um wie viele Universen ich mich kümmern muss? Haben Sie auch nur die leiseste Ahnung?«, entgegnete er schroff. »Wie soll ich denn alle Einzelheiten behalten? Ein kurzer Blick auf die Kontroll-Liste – mehr Zeit bleibt mir nicht.«

Physis drückte sich tiefer in ihren Sessel.

»Aber was ich Sie schon immer mal fragen wollte«, fuhr er fort. »Wieso wissen Sie das eigentlich alles? Sie sind doch keine Wissenschaftlerin – Sie unterrichten nur kleine Kinder.«

»Dazu möchte ich Ihnen nur sagen, dass etliche von uns Lehrern für kleine Kinder – wie Sie es ausdrücken – ihre Aufgabe sehr ernst nehmen!«, erwiderte Physis empört. »Ich habe Ihnen jedenfalls nichts erzählt, was nicht schon seit *Jahren* bekannt ist.«

Sie starrten einander an.

Schließlich begann der Richter wieder: »Euer Licht hier ist also wellenförmig, ja? Aber trotzdem gelingt es ihm, durch leeren Raum zu schwingen.«

Physis nickte.

»Faszinierend!«, sagte er.

»Ja«, stimmte Physis zu. »Noch dazu gibt es viele unterschiedliche Arten von Licht«, ergänzte sie beiläufig, während sie die letzten Gerätschaften einpackte.

»*Unterschiedliche* Arten von Licht, haben Sie gesagt?«, murmelte der Richter ...

Am *neunzehnten* Abend ließ Physis weißes Licht aus der Schreibtischlampe durch ein Glasprisma dringen. Sofort funkelte das Licht in all den prächtigen Farben des Regenbogens.

»Meine Güte!«, rief der Richter aus. »Woher sind die gekommen?«

»Zauberhaft, nicht wahr?«, sagte Physis. »Weißes Licht. Gewöhnliches weißes Allerweltslicht besteht tatsächlich aus all diesen leuchtenden Farben.«

»Aber wieso?«, fragte der Richter, offensichtlich verblüfft.

»Unterschiedliche Wellenlängen«, erklärte Physis. »Licht ist eine Welle, nicht wahr – eine Welle, die aus Bergen und Tälern besteht. Die Entfernung zwischen je zwei Bergen oder je zwei Tälern nennt man *Wellenlänge* ...«

»Ja, ja«, sagte der Richter ungeduldig.

»Weißes Licht ist eine Mischung von Wellen unterschiedlicher Länge. Das Prisma trennt sie voneinander. Rot hat eine größere Wellenlänge als Orange, Orange eine größere als Gelb und so weiter – bis Violett.«

»Wie merkwürdig«, sagte der Richter. »Da habe ich mir immer vorgestellt, wenn etwas weiß ist, ist es nicht farbig. Aber Sie sagen, in Weiß sind alle Farben enthalten?«

Sie nickte.

»Und es liegt nur an der unterschiedlichen Wellenlänge, dass das Licht mehrere Farben hat?«

»Richtig«, sagte sie. »Aber das ist nur der Anfang. Sie ahnen nicht, was passiert, wenn die Wellenlänge größer wird als die von rotem Licht. Genau genommen«, lachte sie, »ist es so ziemlich das Letzte, was man von Licht erwarten würde...«

Am *zwanzigsten* Abend erklärte Physis weiter: »Licht bewirkt, dass man Dinge sieht – es macht Dinge sichtbar, ja?«

»Ja.«

»Das Seltsame ist nur: Wenn man die Wellenlänge so dehnt, dass sie größer wird als die von rotem Licht, dann wird Licht *unsichtbar*!«

»*Unsichtbar*!«, rief der Richter aus. »Wie kann Licht unsichtbar sein? Sie meinen – es ist nicht mehr vorhanden?«

»O nein. Es ist sehr wohl vorhanden. Man kann nachweisen, dass es da ist – mit entsprechenden Apparaten. Aber Sie können es nicht sehen, nicht mit Ihren Augen.«

»Aber was soll denn das?«, spottete der Richter. »Ich kann mir nichts Nutzloseres vorstellen als Licht, das man nicht sieht.«

»Ah, es ist durchaus nicht nutzlos«, sagte sie. »Wir sprechen von *Infrarotstrahlung* oder ›Wärmestrahlen‹. An diesem Feuer hier«, sagte sie und deutete auf die Flammen, die im Kamin loderten, »sind es die Infrarotstrahlen, die uns wärmen. Es ist das gleiche wie die Wärme, die wir von der Sonne empfangen. Infrarotstrahlung. Ohne sie könnten wir nicht leben.«

An den folgenden Abenden erzählte Physis von noch größeren Wellenlängen. Das seien Mikrowellen – eine Strahlung, mit der man im Mikrowellenherd kochen könne. Mikrowellen kommen aus den Tiefen des Raums zur Erde. Sie sagen uns, wie die Welt mit einem gewaltigen Urknall entstanden ist. Physis erklärte, dass die Wellen zur Zeit des Urknalls ausgesandt worden seien und seitdem durch das Universum zögen. Auch für Radar werden Mikrowellen genutzt. Man sendet sie aus, sie treffen auf entfernte Gegenstände und kommen wieder zurück. Weiß man, wie lange sie für die Rückreise brauchen, kann man ausrechnen, wie weit sie sich entfernt haben – wie weit weg der Gegenstand ist. Es ist eine andere Art von ›Sehen‹. Fledermäuse ›sehen‹ so, wenn sie in der Dunkelheit fliegen.

Und noch längere Wellen werden genutzt, um Fernsehbilder zu transportieren. »Komisch, dass Wellen, die selbst unsichtbar sind, sichtbare Bilder auf unsere Fernsehschirme zaubern können, finden Sie nicht?«, bemerkte Physis.

Dann kommen Radiowellen – Kurzwelle, Mittelwelle und Langwelle. Sie transportieren eine andere Art von Botschaft: Sie lassen über große Entfernungen hinweg Stimmen hörbar werden.

»Aber was ist mit Licht mit *kurzen* Wellenlängen?«, fragte der Richter. »Gibt es Licht mit kürzeren Wellenlängen als die von violettem Licht?«

»O ja«, erwiderte Physis. »Aber das ist wieder unsichtbar. Man nennt es ultraviolettes Licht. Es bewirkt, dass unsere Haut in der Sonne braun wird. Witzig: selber hat es keine Farbe – es ist ja unsichtbar – und doch kann es die Hautfarbe verändern.«

Danach sprach sie weiter von noch kürzeren Wellenlängen: Röntgenstrahlen, die den Körper durchdringen können und Ärzten einen Blick ins Innere erlauben. Physis und der Richter verbrachten viele vergnügliche Abende mit der Untersuchung all dieser vielfältigen Wirkungen, die Licht in seinen abwechslungsreichen Erscheinungsformen hervorbringen kann.

Dann, am *einundfünfzigsten* Abend ...

Piep! Piep! ... Piep! Piep! ...

»Entschuldigen Sie mich einen Augenblick«, sagte der Richter und zog sein tragbares Videofon aus der Tasche. Federnd klappte ein kleiner Bildschirm hoch, auf dem Physis gerade noch das Bild eines zwergähnlichen Wesens ausmachen konnte. Es hatte spitze Ohren und riesengroße, funkelnde Augen. Es machte einen äußerst lebhaften, eifrigen Eindruck.

»Ja, Fred? Was gibt's?«, fragte der Richter.

»Ah! Sind Sie's, Sir, ja? Gut. Äh ... hm ... hab mir nur Gedanken gemacht, was da los sein könnte. Weil ... ich ja nichts gehört hab von Ihnen seit ... na ja, seit 'ner Weile, Sir. Alles in Ordnung?«

»Ja. Ja, alles in Ordnung«, sagte der Richter.

»Gut. Äh ... Schön, also, hab nur gedacht, ich will schon mal melden – der Schlürfott ist startklar und ganz scharf darauf, dass es losgeht. Hab ihn bei der Inspektion gehabt nach 1000 Universen – wie gesagt, war fällig. Gargulator nachgestellt, neue Zähne für die Zermalmdüse, was eben so anfällt. Prima warm gelaufen, klingt einwandfrei. Deshalb, äh ... Wir warten nur auf Ihren Befehl.«

»Ja, danke, Fred. Ich bin hier gerade im Aufbruch.«

»Dann also morgen?«, fragte Fred und rieb sich die Hände.
»Ja. Sieht ganz so aus. Ich sag dir Bescheid, sobald ich angekommen bin.«
»Super! Bis dann.«
Der Richter steckte das Videofon zusammen und verstaute es wieder in seiner Tasche. »Haben Sie gehört?«, fragte er Physis.
Sie nickte.
»Alles Gute hat mal ein Ende«, sagte er. »Ich glaube, das ist auch eine Ihrer Redensarten.«
Sie lächelte.
»Tja, wenn es Ihnen nichts ausmacht, sollte ich wohl anfangen zu packen.«
»Natürlich«, stimmte Physis zu. »Aber ein Jammer ist es schon ...«
»Physis – nein«, unterbrach er und schüttelte den Kopf. »Nicht noch einmal.«
Physis wurde rot. »Tut mir Leid, Sir. Aber es ist eben nun mal eine faszinierende Welt. Zumindest finde *ich* das. Ich kann nichts dafür, dass ich so ein starkes Bedürfnis habe, Ihnen davon zu ...«
»Ich weiß, ich weiß. Ja, ich muss sagen, langsam habe ich richtig Interesse an Ihrer kuriosen, altmodischen Welt bekommen. Aber wie Sie gehört haben – es gibt viel zu tun. Deshalb, Physis, heißt es nun leider endgültig: Ade.«

Was ist Materie?

Als der E-Day (Extermination Day, Tag der Zerstörung) immer wieder verschoben wurde, versuchten die Menschen, so gut sie konnten, normal weiterzuleben. Aber immer schwebte die Bedrohung über ihnen und das hatte Auswirkungen. Gemüsehändler zum Beispiel machten eine schwere Zeit durch. Eltern konnten ihre Kinder nicht länger überreden, ihr Gemüse aufzuessen – ›sonst wirst du nicht groß und stark‹. Die Kinder wussten, dass sie ohnehin nicht groß werden würden. Dagegen florierten Geschäfte, in denen Süßigkeiten verkauft wurden. (»Aber Mama, meine Zähne haben doch gar keine Zeit mehr zum Ausfallen!«) Und wenn schon von Zähnen die Rede ist: Zahnärzte hatten nichts mehr zu tun, denn die Patienten riefen an und verschoben ihre Termine – für immer. Lehrer konnten die Kinder nicht mehr dazu bringen, für Prüfungen zu lernen, die nie stattfinden würden. Versicherungsgesellschaften erlebten einen plötzlichen Aufschwung – dann machten sie Pleite: Am Anfang stürmten viele Leute hin, um sich gegen einen frühzeitigen Tod versichern zu lassen. Dann merkten sie, dass das nicht funktionieren konnte. Und außerdem: Wer würde nach dem E-Day noch da sein

und das Geld ausbezahlen? Und an wen? Also stürmten die Leute wieder hin, um sich das Geld zurückzahlen zu lassen.
Selbst die jüngeren Kinder in Physis' Schule ahnten inzwischen, dass irgendetwas nicht stimmte. Sie hatten von dem ›Mann aus Anderswo‹ gehört, der sich hinter einem Hologramm verstecken konnte. Da setzten sie sich hin und malten Bilder, wie er ihrer Meinung nach vielleicht aussehen könnte – die Vorstellungen lagen irgendwo zwischen Weihnachtsmann und Dinosaurier.
Während sie so mit ihren Bildern beschäftigt waren, wurde Physis ans Telefon gerufen.
»Physis? Ich hab mir gedacht, ob Sie mal rüberkommen könnten«, sagte eine tiefe, krächzende Stimme. Physis erkannte sie nicht.
»Verzeihung – wer spricht da?«, fragte sie.
»Ich – der Richter!«
»Der Richter?«, rief Physis. Sie konnte es nicht glauben. »Aber es klingt kein bisschen nach Ihnen. Haben Sie Ihre Stimme jetzt auch so verändert wie Ihr Äußeres? Und von wo sprechen Sie? Ich dachte ...«
»Ich bin noch im Roten Löwen und es geht mir nicht besonders gut«, sagte er selbstmitleidig.
»Warum? Was ist los?«, fragte sie.
»Wie soll ich das wissen?«, knurrte er gereizt. »Ich habe den Wirt gefragt, aber der ist ja ein armer Irrer. Redet und redet immer nur von irgendwelchen Krippen.«
»*Krippen*!«, rief Physis. »Was ...? Haben Sie was mit Krippen zu tun ...?«
»Natürlich nicht«, schnappte er. »Aber der hört ein-

fach nicht auf damit, er sagt immerzu: ›Sie haben eine Krippe.‹ Der Idiot!«

Physis lachte. »Nicht K-rippe! G-rippe! Sie haben eine Erkältung.«

»Was ist das? Ach, vergessen Sie's! MIR GEHT'S NICHT GUT!«

»O ja, davon bin ich überzeugt«, sagte Physis hastig. »Es wäre höchst unklug von Ihnen, in den nächsten Tagen ins Freie zu gehen. Sie sollten im Warmen bleiben und viel Heißes trinken.«

Sie versprach, ihn nach der Schule zu besuchen. »Sie werden natürlich daran denken, Fred anzurufen?« fügte sie hinzu. »Er soll nicht ... Sie wissen schon ... Nicht, wenn Sie noch hier sind.«

So kam es, dass Physis am *zweiundfünfzigsten* Abend wieder auf dem Weg zum Roten Löwen war, diesmal mit Hustenbonbons und Erkältungstropfen. Dabei fiel ihr ein, dass sie sich schon oft gefragt hatte, wozu Grippeviren eigentlich gut sein sollten. Vielleicht war es einfach so, dass sie einzig und allein für diesen einen Moment bestimmt gewesen waren: um die Welt zu retten – wenigstens bis zum Ende der Woche.

Als sie ankam, saß der Richter in Morgenmantel und Pantoffeln vor dem Feuer. Sie zeigte ihm gleich die Bilder, die die Kinder von ihm gemalt hatten. Er lachte dröhnend – bis er schließlich nur noch husten konnte. Physis gab ihm einen Löffel Medizin.

»Gut«, sagte er, als er sich wieder gefangen hatte. »Wollen Sie mir noch etwas von Ihrer Welt erzählen? Wo ich jetzt ohnehin hier festsitze.«

»Lassen Sie mich überlegen«, sagte Physis. »Wir haben über Licht gesprochen, über seine vielen Erscheinungsformen. Licht, der große Bote, der uns von der Welt berichtet. Also ... Ja, warum fragen wir nicht: Was gibt es dort draußen in der Welt? Wie ist die Materie beschaffen, die all das Licht aussendet?«

»O. k. Schießen Sie los«, sagte der Richter, der gerade ein Hustenbonbon lutschte.

»Wie viele unterschiedliche Arten von Stoffen gibt es in der Welt, was meinen Sie? Schätzen Sie mal.«

»Unterschiedliche Arten?«, murmelte er. »Eine ganze Menge. Das ist etwas, das mir schon auf der Checkliste aufgefallen ist, bevor ich herkam. Ihr habt hier viele verschiedene Materialien: Ziegel, Zement, Gips, Kohle, Holz, Papier, Stahl, Glas, Plastik, Stroh, Baumwolle, Luft, Wasser, Pappe, Leder. Wie viele wollen Sie noch? Es müssen Hunderte sein ... Tausende?«

»Mehrere Hunderttausend«, erklärte Physis. »Und das sind nur die, die wir kennen – die bis jetzt erfasst wurden. Hunderttausende.«

»Und?«, sagte er gleichgültig.

»Ah, aber wissen Sie auch, aus wie vielen Grundelementen sie gebildet werden?«

Er schüttelte den Kopf.

»Aus zweiundneunzig«, sagte sie.

»Zweiundneunzig?«, wiederholte er. »Sie sagen ... Das glaube ich nicht. Sie wollen sagen, am Anfang Ihres Universums waren nur zweiundneunzig verschiedene Stoffe vorhanden? *Elemente* haben Sie sie genannt? Und aus zweiundneunzig machen Sie Hunderttausende verschiedener ...?«

»Das ist richtig.«

»Im Ernst? Die meisten Universen haben eine enorm hohe Anzahl von Grundbausteinen. Man kriegt richtig Kopfschmerzen, wenn man alle behalten will. Aber Sie sagen …« Der Richter schüttelte den Kopf. Er fand das sehr schwer zu verdauen.

Die nächsten Wochen ließ er Physis jeden Abend kommen und immer war sie ausgerüstet mit Flaschen voller Chemikalien und Gefäßen voller Pulver. Gemeinsam mischten sie die Zutaten, um zu sehen, welche neuen Chemikalien sie auf diese Weise erzeugen konnten. Der Wirt beschwerte sich bitter bei seinen Freunden. (Dem Richter selbst wagte er kein Wort davon zu sagen.) Die Gerüche, die unter der Tür des Nebenzimmers hervordrangen, waren abscheulich, sie trieben einem das Wasser in die Augen. Außerdem war der Richter ziemlich ungeschickt: Er verschüttete immer wieder eklige Flüssigkeiten auf der Tischplatte und brannte Löcher in den Teppich. Zu Physis' Schreck brachte er häufig seine Medizinfläschchen mit den Chemikalien durcheinander. Dann folgten zahllose Explosionen, die den Gästen im Schankraum Angst einjagten! Und das war noch gar nichts gegen die Nacht, als das Feuer ausbrach – ein Feuer, das beinahe das ganze Haus niedergebrannt hätte.

Der Grippeanfall des Richters war längst vorüber. Aber die Experimente fesselten ihn so sehr, dass er es gar nicht gemerkt hatte. Unnötig zu sagen, dass Physis ihn nicht darauf aufmerksam machte. Statt dessen schaffte sie weiterhin Medizin heran und schlug

immer neue Experimente vor, die ein ums andere Mal zu verblüffenderen und unvorhergesehenen Resultaten führten.
»Heute nehme ich Wasserstoff – ein leicht brennbares Gas – und Sauerstoff, den man für ein Feuer braucht.«
Der Richter machte ein besorgtes Gesicht.
»Wir verbinden diese beiden gefährlichen Elemente…«
Der Richter war schon auf dem Weg zur Tür.
»Und siehe da: *Wasser*!«, verkündete Physis.
Der Richter war wie vom Donner gerührt. »Aber Wasser löscht Feuer!«, rief er. »Wie um alles in… verdammt, wo sind wir hier? Wie um alles in der Welt ist das gegangen?«
Ein andermal nahm sie Natrium – der Richter hatte schon einmal erlebt, dass es in höchst erschreckender Weise brannte, zischte und sprühte, wenn es in Wasser getaucht wurde – und verband es mit einem widerlichen Gas namens Chlor (davon kommt der eklige Geruch in Schwimmbädern). Der Richter hatte noch seine Finger in den Ohren, als Physis ihm das Ergebnis zeigen konnte: Salz! Ganz gewöhnliches Salz, das Physis in aller Ruhe auf die Portion Fisch und Chips streute, die sie mitgebracht hatte.

Aber trotz des großen Erfolges dieser Experimente ließ der Richter allmählich erkennen, dass bei ihm der Reiz des Neuen nachließ.
Da erzählte ihm Physis am *112ten* Abend von den Atomen.

»Die zweiundneunzig Elemente bestehen aus Atomen. Jedes Element hat sein eigenes Atom. Um Wasser zu bekommen, sind zum Beispiel zwei Wasserstoffatome zusammen mit einem Sauerstoffatom nötig. Ein Atom Natrium mit einem Atom Chlor ergibt Salz. Aber woraus besteht ein Atom?«, fragte sie.
Er zog die Schultern hoch. »Sagen Sie's mir.«
»Aus einem winzigen Teilchen, dem *Atomkern*, und noch kleineren, den *Elektronen*. Erinnern Sie sich an die Elektronen? Das waren die, die den Geschwindigkeitsweltrekord brechen wollten. Diese Elektronen also schwirren um den Atomkern wie Bienen um einen Bienenkorb. Der Atomkern selbst besteht aus Teilchen, die man *Neutronen* und *Protonen* nennt. Die zweiundneunzig Elemente werden also von Elektronen, Neutronen und Protonen gebildet. Das ist alles: nur *drei* unterschiedliche Bestandteile. Raffiniert, was?«
»*Drei?*«, rief er. »Es sind nicht zweiundneunzig verschiedene, es sind eigentlich nur *drei*?«
»Ja, ich will es Ihnen zeigen ...«, sagte Physis.

An den folgenden Abenden brachte Physis ihren VD-Player mit, und der Richter experimentierte mit allen möglichen Kombinationen von Neutronen, Protonen und Elektronen. Allmählich überzeugte sie ihn davon: Es war tatsächlich möglich, dieses reichlich vielfältige Universum aus nur drei Arten von Grundbausteinen zu bauen.

Der *130ste* Abend: Physis erzählte ihm von einem der größten Rätsel der Welt: Jedes Elektron ist identisch mit jedem anderen Elektron. Sie sind identischer als jedes eineiige Zwillingspaar: Sie sind *absolut* identisch. Dasselbe gilt für Neutronen, auch sie sind untereinander identisch. Ebenfalls die Protonen, sie lassen sich unmöglich auseinander halten.

»Aber wie machen sie das?«, fragte der Richter.

Physis schüttelte den Kopf. »Das weiß keiner. Mit der Beantwortung dieser Frage haben die Wissenschaftler noch nicht einmal angefangen. Vielleicht werden sie sie nie beantworten können.«

Am nächsten Abend erzählte sie ihm, daß ein Proton 1836-mal so schwer sei wie ein Elektron. Das Neutron etwas schwerer. Warum gerade 1836-mal? Was ist so besonders an dieser Zahl? Wiederum wissen die Wissenschaftler darauf keine Antwort.

Dicht gedrängt folgten nun einen Abend um den anderen die Rätsel der Welt.

Jedes Proton transportiert eine geringe Menge Elektrizität. Jedes Elektron besitzt *genau* die gleiche Menge, aber von der entgegengesetzten Art – wir nennen es *negative* Ladung im Gegensatz zur *positiven* des Protons. Das Ergebnis ist: Haben wir ein Atom mit ebenso vielen Protonen im Kern, wie Elektronen um ihn herumschwirren – wie es bei Atomen gewöhnlich der Fall ist –, heben sich die beiden Arten von Ladung exakt auf. Gibt es dafür einen besonderen Grund?

»Nun?«, fragte der Richter.

Physis schüttelte den Kopf. »Keine Ahnung. Niemand hat einen Anhaltspunkt.«

Ein Elektron hat offenbar keine bestimmte Größe.

Obwohl wir es uns als Teilchen vorstellen – so ähnlich wie ein winzig kleines Kieselsteinchen –, lässt sich tatsächlich bei genauerer Betrachtung keine ›Oberfläche‹ erkennen und folglich kein ›Inneres‹. Es erscheint wie ein Punkt.

»Wie seltsam«, bemerkte der Richter.

»Deshalb glauben wir, dass die Frage, woraus ein Elektron besteht, sinnlos ist«, sagte Physis. »Man kann sich schwerlich eine Anordnung aus noch fundamentaleren Bausteinen vorstellen, wenn für diese Anordnung kein Raum vorhanden ist.«

»Und mit den Protonen und Neutronen ist es genauso?«, fragte der Richter.

»O nein«, erwiderte Physis. »Sie haben eine bestimmte Größe.«

»Woraus bestehen *die* also?«

»*Quarks!*«, verkündete Physis mit einem Grinsen.

»Wie bitte? Was war das?«

»Quarks«, wiederholte Physis.

»Oh!«

»Komische Bezeichnung, ich weiß. Aber es ist nicht meine Schuld. Mich hat keiner gefragt, ob sie so heißen sollen«, lachte Physis. »Jedenfalls werden Sie mich gleich fragen«, fuhr sie fort, »woraus Quarks bestehen.«

Aber er fragte nicht. Er war unruhig geworden und sah immer wieder nach der Uhr, die an der Wand über dem Kamin hing. Physis erkannte die Anzeichen der Gefahr: Er fing an, sich zu langweilen. Ich muss schneller machen, dachte sie, da fiel ihr Blick auf die Hand des Richters – besser gesagt, sie schaute zufällig

zu der Stelle, wo die Hand des Richters hätte sein sollen. Sie stieß einen Schrei aus!
»Was ... Was ...?«, rief sie und zeigte auf das Ende seines linken Armes: Der Arm hörte mitten in der Luft auf!
Der Richter sah an sich herab. »Ach! Das tut mir aber leid«, entschuldigte er sich. »Sie müssen mich bestimmt für sehr unhöflich halten.«
Damit wurde seine Hand wieder sichtbar und alles sah aus wie immer. Physis hielt sich den Bauch, als würde ihr gleich übel werden. Sprachlos starrte sie auf die Hand.
»Das Hologramm«, erklärte der Richter. »Es ist nur das Hologramm. Es nimmt die Gestalt der betreffenden Lebewesen an, mit denen ich gerade ... aber das hatten wir schon. Es tut mir Leid, ich muss geträumt haben ... habe mich vielleicht nicht ganz auf das konzentriert, was Sie ... Hören Sie, es wird nicht noch einmal vorkommen.«
Physis fasste sich allmählich wieder. »Entschuldigung«, sagte sie endlich. »Mit so was habe ich nicht gerechnet. Ich vergesse immer wieder, dass Sie nur ein ... Hologramm sind.« Nervös lachte sie auf.
»Doch, so ist es nun mal. Sie dürfen es gar nicht weiter beachten«, sagte er. »Also, wo waren wir stehen geblieben? Sie wollten mir gerade erklären, woraus Ihre Quarks bestehen?«
»Äh ... nein, wollte ich nicht.«
»Oh, ich dachte ...«
»Nein. Mit Quarks ist es wie mit Elektronen – das war's, was ich sagen wollte. Auch Quarks sind so ähn-

lich wie Punkte – also ist die Frage, woraus sie bestehen, wiederum sinnlos.«
»Aha. Das wär's dann also«, sagte der Richter. »Hmmm. Sehr überzeugend. Quarks und Elektronen – beide punktähnlich – mehr ist dazu nicht zu sagen.«
»O doch«, sagte Physis eilig. »Quarks sind so freundlich. Sie glauben es nicht ...«
»Freundlich? Was meinen Sie? Wie können ...«
»Doch, wirklich. Sie sind immer zusammen. Nie sieht man ein Quark allein. Sie bewegen sich nur in Dreiergruppen. Drei Quarks bilden ein Proton. Drei bilden ein Neutron.«
»Aber *manchmal* muss man ein Quark doch allein sehen«, meinte der Richter.
»Nein. Nie.«
»Schlagen Sie eins heraus. Nehmen Sie ein Proton und schlagen Sie darauf, bis ein Quark abbricht.«
»Wissenschaftler haben es versucht, aber es geht nicht. Dieses große Gerät zum Beschleunigen von Elektronen, der drei Kilometer lange Gewehrlauf, über den wir sprachen – damit hat man auf Protonen geschossen.«
»Und?«
Physis zuckte mit den Schultern. »Hat die Protonen nicht mal angekratzt. Die Elektronengeschosse sind einfach abgeprallt und die drei Quarks hingen immer noch aneinander.«
»Sie sind sicher, dass Quarks darin sind? Kein Irrtum möglich ...?«
»Nein, bestimmt nicht, sie sind da. Man kann sie sehen.«

»Dann schlagen Sie mit etwas Schwererem dagegen. Sie haben ja gesagt, Elektronen sind die leichtesten Teilchen. Versuchen Sie es mit etwas Stärkerem.«

»Das hat man versucht. Es gibt Apparate, die Protonen beschleunigen können – große, schwere, kreisförmige Apparate mit einem Durchmesser von mehreren Kilometern. Aber es nützt nichts. Selbst wenn die Quarks von einem Proton getroffen werden, bleiben sie aneinander haften. Zur Zeit sieht es so aus, als ob wir sie *niemals* werden trennen können.«

»Äußerst sonderbar«, bemerkte der Richter. Nachdenklich kaute er auf seiner Pfeife herum. »Die Protonengeschosse prallen einfach ab, hm?«

»Äh ... also, nicht direkt«, sagte Physis mit schelmischem Blick. »Wenn die Protonen mit sehr hoher Energie zusammenstoßen, passiert etwas absolut Unglaubliches.«

»Ach ja? Was denn?«, fragte der Richter und er schien sich allmählich wieder zu interessieren.

»Es tauchen plötzlich neue Teilchen auf!«

»Sie meinen, die Quarks schnellen *doch* heraus?«

»Nein, das nicht. Nein. Es entstehen *neue* Teilchen – Teilchen, die vorher nicht da waren. Am Anfang sind es zwei – das Proton, das schießt, und das Proton, das getroffen wird. Diese beiden hat man *vor* der Kollision. Dann, *nach* der Kollision, hat man immer noch die beiden Protonen vom Anfang *plus* die zusätzlichen Teilchen.«

»Aber woher kommen sie?«, wollte der Richter wissen. »Man kann nicht einfach etwas produzieren – so aus dem *Nichts* heraus. Das ist nicht erlaubt. Nur die Vereinigung der Universen kann das bestimmen. Jede Schöpfung und jede ... Erneuerung bedarf der Erlaubnis durch die Vereinigung.«

»Natürlich. Ganz recht«, stimmte Physis zu. »Die neuen Teilchen kommen ja nicht aus dem Nichts.«

»Ach nein? Woher kommen sie dann? Mir scheint, hier geht etwas sehr Regelwidriges vor sich.«

»Nein, nein«, lachte Physis. »Es hat alles seine Richtigkeit. Die Teilchen kommen durch Energie zustande.«

»Durch Energie?«

»Ja. Durch die Energie, die das Geschossteilchen mit sich führt. Davon wird ein Teil zu neuer Materie.«

»Wie bitte?«, fragte der Richter. »Was hat Energie mit Materie zu tun?«

»Materie *ist* Energie – eine Art eingefrorener Energie. Alle Materie ringsum ist eingefrorene Energie. Zum Beispiel der Sessel hier, auf dem Sie sitzen: Könnte man diese Energie freisetzen, wäre es wie die Explosion einer gigantischen Atombombe!«

Der Richter sah auf seinen Sessel herab und rutschte unbehaglich hin und her.

»Schon gut«, beruhigte ihn Physis mit einem glucksenden Lacher. »Es ist alles unter Kontrolle. Keine Angst. Die Energie ist *eingefroren*. Sie kommt nicht heraus.«

»Sind Sie sicher?«, fragte der Richter.

Sie nickte. »Diese Art von Energie kommt nur höchst selten frei«, fuhr sie fort. »Zum Beispiel dann, wenn eine Atombombe gezündet wird – und selbst dann wird nur ein winziger Bruchteil freigesetzt.«

Der Richter sah immer noch ein wenig ängstlich aus.

Physis lächelte. »Finden Sie es nicht auch erstaunlich,

dass alle diese langweiligen, gewöhnlichen Dinge um uns herum voller Sprengkraft stecken?«

»Sehr interessant. Erzählen Sie mir also mehr von diesen neuen Teilchen ...«

»Ah ja. In den Kollisionen zwischen den Protonen gefriert ein Teil der Energie zu neuen Teilchen. Verstehen Sie, es funktioniert in beiden Richtungen: In einer Bombe wird ein Teil der in der Materie eingefrorenen Energie freigesetzt und in den Kollisionen wird ein Teil der Bewegungsenergie des Geschossprotons eingefroren.«

»Und was sind das für neue Teilchen?«, fragte der Richter. »Wieder Protonen?«

»Nein, nein. Das heißt... *manchmal* entsteht ein neues Proton, aber weit öfter erhält man völlig neue Arten von Teilchen: eins, das 273-mal schwerer ist als ein Elektron, ein anderes, das 940-mal ...«

»Jedes beliebige Gewicht, ja?«

»Nein. Das ist eben das Kuriose: Es ist genau 273-mal so schwer – nicht etwa 272-, auch nicht 274-mal, sondern immer 273-mal. Will man etwas anderes erzeugen, muß man bis zu einem anderen erlaubten Wert gehen – 940 zum Beispiel.«

»Aber warum? Warum nicht jedes beliebige Gewicht?«

»Keiner weiß das richtig. Es ist wie mit dem Gewicht eines Protons: Das ist immer 1836-mal schwerer als ein Elektron. Aber warum?«

Und so kam es, daß Physis ab der *152sten* Nacht mit der Beschreibung der ulkigen Teilchen anfing, die man bei den Kollisionen entdeckt hat – samt ihren

verrückten Eigenschaften. Sie haben nämlich Eigenschaften, die gewöhnliche Protonen, Neutronen und Elektronen nicht haben – Eigenschaften mit komischen Namen wie *strangeness*, *charme* und *beauty*. Manche sind verrückter als andere. Das Neutrino zum Beispiel. Was ist das für ein aalglatter Bursche!
»Angenommen, Sie nehmen ein Neutrino und schießen es in die Erde«, sagte Physis. »Wie weit, denken Sie, dringt es ein? Einen Zentimeter? Einen Meter? Sehr wahrscheinlich würde es auf der anderen Seite der Erde wieder herauskommen! In dieser Minute, wo Sie hier sitzen, strömen Millionen von Neutrinos aus dem Raum herab, gehen direkt durch Ihren Körper – und Sie merken davon nicht die Spur!«
Der Richter blickte an sich herab, halbwegs in der Erwartung, sich von winzigen Löchern durchsiebt zu sehen – aber alles war wie immer.
»Und noch etwas zu Neutrinos«, ergänzte sie bei anderer Gelegenheit. »Sie drehen sich – wie sich die Erde um ihre Achse dreht. Das ist an sich noch nichts Besonderes, viele Teilchen machen das. Aber Neutrinos drehen sich *immer* auf dieselbe Art und Weise. Immer ist ihre Drehachse genau in die Richtung ausgerichtet, in die sie sich gerade bewegen – und immer drehen sie nach links (entgegengesetzt zur Richtung des normalen, rechtsdrehenden Korkenziehers, wenn man ihn in den Korken dreht).«
»Warum?«, wollte der Richter wissen.
Physis konnte nur mit den Schultern zucken.

Später musste sie ihm von den *Anti*protonen erzählen. Die sind in gewisser Hinsicht wie Protonen. Sie wiegen beispielsweise genauso viel wie ein Proton. Aber in anderer Hinsicht sind sie das Gegenteil. Ihre elektrische Ladung zum Beispiel ist negativ, wohingegen sie beim normalen Proton – wie schon erwähnt – positiv ist. Es gibt auch *Anti*elektronen und die haben die gegensätzlichen Eigenschaften des Elektrons. Trifft ein Teilchen mit seinem Antiteilchen zusammen, heben sie sich gegenseitig auf! Sie verschwinden – explodieren – und setzen dabei ihre eingeschlossene, gefrorene Energie frei.
Daraus ergibt sich die Überlegung, dass es vielleicht Sterne und Planeten im Raum geben könnte, die vollständig aus Antimaterie bestehen: Antielektronen schwirren um einen Antiatomkern, der aus Antiprotonen und Antineutronen besteht. In diesem Fall würden die Antimenschen dort ein ganz normales Leben führen wie wir. Die einzigen *gewöhnlichen* Teilchen, mit denen sie in diesen Welten je zu tun hätten, wären die seltenen Exemplare, die sie in ihren Hochenergiebeschleunigern zwischen Antiprotonen erzeugen könnten. Die einzige Möglichkeit, wie man feststellen könnte, ob sie aus gewöhnlicher Materie bestehen wie der unseren oder aus Antimaterie, wäre: Man bittet einen mutigen Astronauten, hinzufliegen und einem von ihnen die Hand zu schütteln. Explodierten sie beide auf der Stelle, dann hätten wir die Antwort!

»Aber noch mal zu der Sache mit den neuen Teilchen, die bei den Kollisionen entstehen«, sagte der Richter am *251sten* Abend. »Wie bestimmen Sie, welche Teilchen Sie bei jeder Kollision erzeugen wollen?«

»Das kann man nicht bestimmen«, erklärte Physis. »Es gibt keine Möglichkeit vorauszusagen, was jede einzelne Kollision hervorbringt. Man muss einfach abwarten.«

»Aber das *kann* nicht sein!«, behauptete er.

»Aber es *ist* so«, sagte sie beharrlich. »Man weiß, welche Teilchen am Anfang da sind – die zwei zusammenprallenden Protonen. Man weiß auch, welche man zum Schluss hat – die neuen Teilchen. Was man *nicht* sieht, ist der eigentliche Moment des Zusammenpralls. Direkt vorher? Ja. Direkt nachher? Ja. Aber die Kollision selbst? Nein. Der eigentliche Moment, in dem alles geschieht, ist in Dunkel gehüllt. Der liegt jenseits unserer Kontrolle. Wir können keine Teilchen auf Bestellung produzieren. Das ist alles Zufall.«

»Das gefällt mir gar nicht ...«

Piep! ... Piep! ...

»... und *das* auch nicht«, ergänzte er seufzend.

Sie wurden an den meisten Abenden durch Freds Anrufe unterbrochen. Das war auch heute keine Ausnahme.

»Wissen Sie, Sir, es ist gar nicht gut für den Schlürfott, wenn er die ganze Zeit stillsteht. Das ist wie mit jedem Gerät: Die Teile fressen sich fest. Viel besser, wenn man sie in Gang hält. Also, wie sieht's aus? Falls Sie mir dieses Universum noch nicht überlassen können – gibt's vielleicht ein anderes, mit dem ich weitermachen kann? Ein ganz, ganz kleines Universum – ohne Leben – ein drittklassiges – so was in der Art. Es muss nichts Besonderes sein. Nur irgendetwas, dass mir der Schlürfott in Betrieb bleibt und gut in Schuss. Ja?«

Der Richter lachte. »O Fred, was bist du doch immer versessen auf deine Arbeit! Nein, du kannst nicht an einem anderen Universum üben – auch nicht an einem kleinen. Du kennst ja die Vorschriften ...«

»Aber ...«, protestierte Fred.

»Hör mit deinem Gequengel auf«, unterbrach ihn der Richter. »Du bekommst dein Universum – und zwar *dieses*. Wir sind hier gerade fertig geworden.«

»O Mann! Große Klasse, Sir!«, kreischte Fred und seine Augen leuchteten auf.

Physis sank das Herz.

Der Schein trügt

»Es tut nicht weh«, behauptete Physis.
»Aber was ist das?«, fragte der Richter.
»Ein Pflaster. Nichts weiter. Ein Heftpflaster. Es hält den Schmutz fern. Man kann nicht vorsichtig genug sein – wenn's auch nur ein Kratzer ist.«
Physis klebte das Pflaster fest über die Daumenkuppe des Richters.
»*Nur* ein Kratzer, sagen Sie. Also ist es belanglos. Kein Grund, meine für heute geplante Abreise zu verschieben.«
»Abreise? Äh . . .« Physis überlegte schnell. »Sie können reisen, wann Sie wollen. Natürlich. Aller Wahrscheinlichkeit nach wird nichts passieren. Aber . . .« Bedächtig schüttelte sie den Kopf.
»Aber was?«, fragte er besorgt.
»Ach, nichts. Es ist nur so, dass . . . also, mit Kratzern und Bissen von Hunden kann man nie ganz sicher sein. Man weiß von Leuten, die schon daran gestorben sind.«
»Gestorben?«, rief der Richter entsetzt.
»Ach, es kommt selten vor. Der Hund müsste schon Tollwut haben – eine Krankheit, die sich Hunde manchmal holen. Aber die Ärzte in Anderswo werden

ja genauestens darüber Bescheid wissen. Die kriegen das bestimmt in Griff«, sagte sie und ergänzte boshaft: »Oder?«

»Na ja ... ich weiß nicht.«

»Also, wenn Sie nicht ganz sicher sind, nicht *absolut* sicher ... ist es wohl am besten, wenn Sie noch ein, zwei Tage hier bleiben. Dann können wir sofort jemanden holen, falls sich doch etwas Schlimmes entwickeln sollte – einen erfahrenen Arzt, der sich auskennt. Es hat ja keinen Sinn, ein Universum zu zerstören – samt allen Tollwut-Gegenmitteln –, und dann brauchen Sie vielleicht welche ...«

Der Richter sah Physis durchdringend an. Übertrieb sie etwa ...?

»Ich verstehe trotzdem nicht, was passiert ist«, fuhr sie fort. »Toby ist so ein lieber Hund. Er lebt schon seit Jahren hier im Gasthaus. Noch nie hat er so was gemacht. Und Sie sagen, er ist einfach ins Zimmer gekommen und hat Sie angegriffen? Sie haben ihn doch nicht etwa provoziert?«

Der Richter wurde ein wenig verlegen.

»Provoziert nicht direkt. Es war nur so, dass ... es war das Hologramm«, sagte er und zeigte auf sich. »Es ist das neue automatische Modell.«

»Automatisch? Wie bitte? Was ...?«

»Ja, automatisch. Normalerweise muss man das Hologramm von Hand einstellen, wenn man eine bestimmte Lebensform annehmen will. Aber das hier ist das neueste Modell. Es kann die jeweilige Lebensform ertasten und stellt sich dann automatisch ein. So ist es passiert. Der Hund ist hereingekommen.

Ich habe die Hand ausgestreckt, um ihn zu streicheln. Und ... na, ja, so ist es eben passiert.«

»Tut mir Leid, aber ich verstehe noch nicht ...«

»Ich habe mich in einen Hund verwandelt – ich meine, das Hologramm hat mir das *Aussehen* eines Hundes verliehen. Und in dem Moment hat mich der gemeine Kerl angefallen.«

»Na, das überrascht mich nicht«, rief Physis empört. »Armer Toby. Sie müssen ihm den Schock seines Lebens verpasst haben!«

»Nun ja ... Es ist nicht zu ändern. In Zukunft muss ich immer alles ringsum im Auge behalten und rechtzeitig auf manuelle Steuerung umschalten, damit ich mein menschliches Aussehen behalte.«

Es entstand eine Pause.

»In Zukunft?«, murmelte Physis. »Hm ... Darf ich das so verstehen, dass ...?«

»Ein *paar* Tage. Nur noch ein paar Tage. Es hat meiner Ansicht nach keinen Sinn, unnötige Risiken einzugehen. Tollwut haben Sie die Krankheit genannt?«

»Sehr vernünftig!«

»Hören Sie auf«, sagte er streng. »Ich habe Ihnen schon mal erklärt: Ich bin nicht eines Ihrer Kinder! Ich brauche kein Lob wie ein ›braver kleiner Junge‹.«

Physis errötete. »Entschuldigung«, stotterte sie.

»O. k. Dann mal los«, sagte er unvermittelt, während er sich in seinem Lieblingssessel niederließ. »Unterhalten Sie mich. Ich bin überzeugt, Sie haben noch mehr auf Lager, was Sie mir über Ihre Welt erzählen können.«

Sie lächelte. »Also, es ist tatsächlich so, dass ich den Kindern heute vom Raum erzählt habe.«

»Raum? Das hatten wir schon. Licht, das sich auf gekrümmten Bahnen bewegt. Gravitation und so.«
»Nein, ich habe an etwas anderes gedacht.«
»Sie können sich ja wohl nicht noch länger über leeren Raum unterhalten. Hören Sie – da ist *nichts*. Was gibt es über das *Nichts* groß zu sagen?«
»Wer hat behauptet, dass da nichts ist? Vollgestopft ist er! Voll mit interessanten Dingen. Mit Feldern zum Beispiel.«
Der Richter runzelte die Stirn. Er drehte sich um und sah durch das Fenster auf die wellige Landschaft hinaus, die sich hinter dem Garten des Gasthauses erstreckte. Physis folgte seinem Blick – und brach in Gelächter aus. »Doch nicht *solche* Felder, Sie ...«
Er sah sie zornig an.
»Äh ... ich meine ... Sir«, murmelte sie. »Tut mir Leid ... ich meine ...«
Er ging nicht auf ihre Entschuldigung ein. »Welche dann?«, fragte er gereizt.
»Es ist schwierig zu erklären«, meinte sie. »Ich glaube, die beste Beschreibung ist, wenn ich sage: Es ist eine Art *Spannung*, die sich im Raum aufgebaut hat.«
»Eine *Spannung*?«
»Ja. Eine unsichtbare Spannung. Nehmen wir mal ein Objekt wie den Mond: Obwohl er fast 400 000 km von der Erde entfernt ist, kann er spüren, dass es die Erde gibt – wenn auch kein direkter Kontakt zwischen ihnen besteht.«
»Sie meinen die Gravitation«, sagte der Richter.
»Richtig. Die Gravitation der Erde beeinflusst den Raum um sie herum – versetzt ihn in eine Art Span-

nung. Bringt man also einen anderen Körper, den Mond, in diesen Raum, spürt er diese Spannung. Die Spannung sagt dem Mond, dass etwas Schweres – die Erde – da ist. Er muss gar nicht selber mit der Erde in Verbindung stehen, sie müssen sich nicht berühren. Er nimmt nur den gespannten Raum wahr, das ist genug.«

»Aber was ist mit diesen ›Feldern‹, von denen Sie gesprochen haben? Was ist das?«, fragte der Richter.

»Eben davon rede ich: Die Spannung im Raum ist das ›Gravitationsfeld‹ der Erde. So nennen wir das: ein *Feld*.«

Dieses Gespräch fand am *252sten* Abend statt. Die nächsten Abende sprach Physis über andere Arten von Spannung, die im Raum vorkommen können. Sie ließ vor dem Fernseher, der im Nebenzimmer stand, ein Stückchen Baumwolle baumeln – fünfzehn Zentimeter vor der Mattscheibe – und schaltete den Fernseher an. Sofort schnellte der Baumwollstreifen gegen die Scheibe und legte sich platt an den Bildschirm. Der Richter war fasziniert. Physis erklärte, dass in der Bildröhre ein Strom Elektronen gegen den Bildschirm trifft. Die Elektronen führen ihre negative Elektrizität mit sich. Verteilt sich diese Elektrizität auf dem Bildschirm, baut sich ein Feld auf, das bis in den Raum vor dem Fernsehgerät reicht – ein elektrisches Feld diesmal. Es zieht die Baumwolle an den Bildschirm.

Beim nächsten Mal spielten sie mit Magneten und Kompassnadeln. Wiederum war es so, dass Körper in scheinbar leerem Raum aufeinander einwirkten. Diesmal war es auf magnetische Felder zurückzuführen. Später beschrieb Physis, dass, wenn man eine elektrische Ladung bewegt, sich die elektrische Spannung im umliegenden Raum mit ihr bewegt. Dieses wechselnde Spannungsmuster zeigt sich als kleine Welle, die sich in den Raum entfernt – weg von der Ladung. »Haben Sie vielleicht eine Ahnung, was das für eine kleine Welle sein könnte?«, fragte sie.

Der Richter schüttelte den Kopf.

»Licht!«, verkündete sie.

»*Licht*?«, wiederholte der Richter. »Wie kann denn ...?«

»Genau daraus besteht nämlich Licht: aus kleinen Wellen elektrischer und magnetischer Felder. Und nicht nur Licht. Radiowellen, Röntgenstrahlen und alle anderen Erscheinungsformen, die Licht annehmen kann – das alles sind kleine Wellen. Sie wollen also beispielsweise eine Radiowelle aussenden? Was tun Sie? Sie lassen Elektronen sich an einem Stück Draht entlang bewegen – an einem Draht, den man Antenne nennt. Dadurch wird eine kleine Spannungswelle in den Raum geschickt: die Radiowelle – eine Wellenbewegung aus wechselnden elektrischen und magnetischen Feldern.«

»Ich verstehe«, brummte der Richter und dabei kratzte er sich nachdenklich am Kopf. »Sehr interessant. Aber ich verstehe noch nicht ...«

Piep! ... Piep! ...

»Nicht jetzt, Fred!«, sagte der Richter.

»Ja, Sir. Aber wissen Sie eigentlich ...«

»Ein andermal, Fred.«

»Aber was ist mit meiner Frau und ...«
Der Richter klappte den kleinen Bildschirm ein und versenkte das Videofon in seiner Tasche.
»Spannungen in *was* genau?«, fuhr er fort, als wäre nichts geschehen. »Das eben verstehe ich nicht. Alles gut und schön, zu behaupten, dass es diese Spannungen im Raum gibt, aber wenn leerer Raum wirklich *leer* ist, gibt es nichts zu spannen.«
Physis lächelte. »Tut mir Leid«, sagte sie. »Wenn ich gesagt habe, der Raum ist ›leer‹, war das so gemeint, dass es keine Materieklumpen darin gibt. Wir sprechen von dem Raum zwischen den Klumpen – zwischen den Sternen und den Planeten.«
»Ja?«
»Aber das heißt nicht, dass es in diesem Raum *nichts* gibt. Es wimmelt darin von Zeug. Das ist das Problem. Es gibt so viel davon, dass man es gar nicht sehen kann.«
Ungeduldig trommelte der Richter mit den Fingern auf den Tisch. Er warf Physis einen düsteren Blick zu. Hielt sie ihn zum Narren?
»Das ist so«, sagte sie. »Oder wenigstens ein *bisschen* so: Wir sitzen hier in diesem Zimmer und sind von Raum umgeben. Verschiedene Gegenstände sind da: Sie, ich, der Tisch, die Stühle und all die anderen Sachen. Zwischen diesen Gegenständen ist leerer Raum ...«
»Nein«, unterbrach der Richter. »Da ist Luft.«
»Genau, aber woher *wissen* Sie, dass Luft da ist?«
»Das ist ja wohl offensichtlich«, empörte er sich.
Er überlegte einen Augenblick, dann füllte er seine Lungen, beugte sich vor und blies heftig. Die Asche

aus dem Aschenbecher flog in alle Richtungen. »Huch!«, rief er. »Tut mir Leid, ich wollte nicht... Warten Sie, lassen Sie mich.« Er half Physis beim Aufwischen.

»Jedenfalls«, fuhr er fort, nachdem sie sich wieder gesetzt hatten, »wie ich gesagt habe: Es ist offensichtlich.«

»Ja-a«, stimmte Physis zu. »Es ist offensichtlich, wenn man die Luft durcheinander bringt – wenn Sie sie in Ihren Wangen zusammenpressen und sie dann von hier nach da stoßen. Aber angenommen, wir sitzen ganz regungslos... hören Sie mal einen Moment auf zu atmen – nur einen Moment. Angenommen, wir lassen die Luft ungestört – gleichmäßig im Raum verteilt. Ist es dann offensichtlich, dass sie da ist?«

Einen Augenblick überlegte der Richter, dann zog er die Schultern hoch.

»Nein, nicht wahr?«, sprach Physis weiter. »Und was, wenn wir es mit einer ganz anderen Art von Gas zu tun hätten – mit einem Gas, das gleichmäßig im ganzen Raum verteilt wäre? Und ich meine, im *ganzen* Raum – ich meine den Raum *in* den Körpern (in Ihnen und mir, im Tisch und in den Stühlen) ebenso wie den Raum *außerhalb* und zwischen ihnen. Das wäre *wirklich* schwer festzustellen, nicht?«

Der Richter zündete seine Pfeife an und grübelte eine Weile, ehe er nickte.

»Sehen Sie!«, rief Physis triumphierend. »So ist es mit dem Raum. Er verhält sich ein bisschen wie dieses Gas. Er ist in Wahrheit rappelvoll – aber er sieht nicht so aus, weil er gleichmäßig verteilt ist. Es ist überall die gleiche Menge Raum vorhanden.«

»Aber wenn man dieses Zeug nicht wahrnehmen kann, wozu ist es dann da?«, wollte der Richter wissen, sichtlich irritiert von der ganzen Vorstellung.

»Ah, aber man *kann* es doch wahrnehmen – indem man es stört. Es bleibt uns nur verborgen, wenn es gleichmäßig verteilt ist – wie die Luft. Bringen Sie die Luft durcheinander – durch Blasen –, können Sie auch beweisen, dass sie vorhanden ist. Dasselbe gilt für den Raum: Bringt man seine Gleichmäßigkeit durcheinander, lässt er sich wahrnehmen.«

»Aber wie macht man das ...?«

Piep! ... Piep! ...

»Hören Sie, Sir«, tönte die besorgte Stimme, »ich muss wirklich mit Ihnen reden!«

»Ich bin mitten in einer Sache, Fred.«

»Aber was ist mit der Frau und den Kindern?«

»Was soll mit ihnen sein?«, fragte der Richter ärgerlich.

»Wegen der Verpfändung. Wir stehen auf der Straße, wenn das noch länger dauert. Verstehen Sie, ich bin mit den Zahlungen im Rückstand. Ich brauche die Überstunden. Ohne regelmäßige Überstunden kann ich die Schulden nicht zahlen. Und was bei dem ganzen Nichtstun an Nettolohn ... also, ich will sagen ... wissen Sie, als wir noch laufend den Schlürfott im Einsatz hatten ...«

»Ein andermal, Fred. Nicht jetzt.«

»Aber ...«

»ICH WIEDERHOLE MICH NICHT GERN!«

Wieder klappte der Richter den kleinen Bildschirm zusammen und steckte das Videofon ein.

»Wo waren wir stehen geblieben?«, fragte er verstimmt.

»Äh ... ach, ja ... wie bringen wir den Raum durcheinander?«, erinnerte Physis ihn.
»Genau. Wie macht man das?«
»Man schlägt ein Loch hinein!«, erklärte sie.
Der Richter saß da und wusste nicht, ob er lachen sollte. »Man schlägt ein Loch hinein, aha«, wiederholte er spöttisch. »Man schlägt so mir nichts, dir nichts ein Loch in den leeren Raum.«
»Ja.«
»Ach, kommen Sie!«, rief er. »Nehmen Sie den anderen Arm! Äh ... Sie haben doch da so einen Spruch – irgendwas auf die Arme nehmen – oder?«
Physis lächelte. »Ja. Aber ich bin im Moment ganz ernst«, beruhigte sie ihn. Sie sah sich um und fuhr fort: »Wie wir hier sitzen, sind wir umgeben von einem Meer aus Protonen.«
»Wir sind was?«
»Die Protonen sind überall, gleichmäßig verteilt, Teil der unsichtbaren Masse im Raum. Jedes mit den Eigenschaften eines Protons. Mal angenommen, wir sollen eines entfernen – angenommen, wir sollen es aus diesem Meer herausschlagen. Was bleibt dann zurück?«
»Was bleibt zurück?«, wiederholte der Richter. »Wie soll ich das wissen? Das ist doch Unsinn!«
»Nein, überlegen Sie«, drängte Physis. »Was bleibt, wenn Sie ein Proton aus dem Meer herausschlagen?«
Der Richter verschränkte seine Arme und antwortete nicht. Er funkelte sie nur wütend an.
»Dann hätten Sie ein Loch«, sagte Physis ruhig. »Ein nicht vorhandenes Proton. Etwas, das alle *entgegen-*

gesetzten Eigenschaften eines Protons hätte ... Überlegen Sie ... Was hat alle entgegengesetzten Eigenschaften eines Protons?«

»Entge ...?« Der Richter dachte einen Augenblick nach. »Sie meinen ...«

Physis nickte. »Ein *Anti*proton. Ganz recht. Genau das ist ein Antiproton nämlich: ein Loch im Meer der Protonen. Es ist die Stelle, wo mal eines dieser Protonen gewesen ist. Und weil wir das Loch in der Masse des Raums sehen, wissen wir, dass die Masse selbst da sein muss.«

Der Richter runzelte die Stirn. »Ich glaube wirklich, Sie meinen es ernst.«

»Natürlich«, sagte sie. »Ich würde doch nicht Ihre Zeit verschwenden ...«

»Aber ich dachte, Sie hätten vorher gesagt, daß es noch andere Antiteilchen gibt – Antielektronen.«

»Antielektronen, Antineutronen, Antineutrinos«, sagte Physis. »Ja, sie haben alle ihre Antiteilchen und ja, auch sie sind Löcher im Raum.«

»Es gibt also ein Meer aus Neutronen im Raum?«, schloss der Richter. »Wollen Sie das sagen?«

»Und eins aus Elektronen und eins aus Neutrinos. Ich habe es Ihnen ja gesagt: Leerer Raum ist proppenvoll mit allem möglichen Zeug!«, lachte sie.

»Also, das hätte ich ... Ich muß sagen, etwas derart Abseitiges ist mir noch nie vorgekommen. In allen anderen Universen, wenn sie von ›leerem Raum‹ reden, meinen sie auch: Er ist *leer*!«

Abend um Abend sprach Physis nun über andere Möglichkeiten, wie das Gleichgewicht des Raums gestört werden kann. Zum Beispiel versucht eine negative elektrische Ladung immer, andere negative Ladungen von sich abzustoßen, und zieht positive Ladungen zu sich hin. (Es ist die Anziehungskraft zwischen der negativen Ladung in den Elektronen und der positiven Ladung im Atomkern, die ein Atom zusammenhält.) Diese Kräfte wirken nicht nur zwischen Teilchen, die wir sehen können, sie wirken auch auf die Teilchen im unsichtbaren Meer, aus dem der Raum besteht. Die Ladung in einem Elektron wird also dazu neigen, die Ladungen der zu dem Meer gehörenden Elektronen abzustoßen. Diese Störung lässt sich wahrnehmen.

Auch durch Gravitation kann das Gleichgewicht des Raums gestört werden. Physis hatte schon darüber gesprochen, dass sich Licht durch den gespannten, verzerrten Raum in der Nähe eines schweren Körpers wie der Sonne langsamer bewegte. Jetzt erklärte sie, dass diese Verzerrung des Raums verantwortlich ist für die gekrümmten Umlaufbahnen der Planeten und warum in die Luft geworfene Bälle und Steine wieder auf die Erde fallen.

»Tatsache ist«, sagte Physis eines Abends, »diese Verzerrung kann so stark werden, dass ein schwarzes Loch entsteht!«

»Ein schwarzes Loch? Sie meinen ein Antiteilchen?«, fragte der Richter.

»Nein, nein«, erwiderte Physis. »Nicht diese Art Loch. Ich finde, sie sollten eigentlich gar nicht ›Löcher‹ genannt werden. Es sind Regionen im Raum, wo die

Schwerkraft so stark ist, dass alles, was in diesem Bereich herumfliegt, eingesogen wird. Es kann nie wieder heraus. Nicht einmal Licht ist schnell genug, um da wieder wegzukommen.«

»Was passiert dann mit den Körpern, wenn sie in dem schwarzen Loch gefangen sind?«, fragte der Richter.

»Sie werden vollständig zermalmt, sie existieren einfach nicht mehr«, erklärte Physis.

»Was?«

»Genau im Zentrum des schwarzen Lochs wird alles zu einem Punkt zusammengequetscht.«

»Zu einem *Punkt*?«

Sie nickte.

»Und was geschieht dann damit?«

Sie zog die Schultern hoch. »Keine Ahnung. Manche Leute glauben, dass alles in ein anderes Universum gespritzt wird, aber das ist nur eine Vermutung. Es gibt wohl keine Möglichkeit, das rauszukriegen.«

»Hmmm«, machte der Richter. »Da war mal dieses Universum mit den weißen Löchern . . .«

»Wie bitte?«

»Ach, ein Universum eben, mit dem ich mal zu tun hatte. Da gab es solche Punkte, aus denen immerzu Materie strömte. Niemand konnte sich vorstellen, wo das alles herkam. Ich denke, das Zeug könnte von Ihrem Universum gekommen sein.«

»Wie spannend!«, rief Physis.

»Nein«, fuhr der Richter fort. »Bei genauerem Nachdenken glaube ich es doch nicht. Dieses Universum existiert nämlich gar nicht mehr.«

An einem späteren Abend meinte der Richter: »Wissen Sie noch, wie wir darauf gekommen sind? Ich habe gepustet und die ganze Asche ist zu Ihnen hingeflogen. Erinnern Sie sich?«
Physis nickte.
»Macht die Materie im Raum das eigentlich? Sachen herumstoßen, meine ich?«, fragte er.
Physis erklärte ihm, dass in den fernen Weiten des Raums die Sterne in großen, wirbelnden Haufen zusammengeballt sind, in den sogenannten Galaxien. Unsere Sonne ist ein Stern und gehört auch dazu.
»Aber ich habe ganz vergessen«, sagte sie plötzlich verlegen, »dass Sie das alles längst wissen. Sie sind ja überall in unserem Universum gewesen und haben alles selbst gesehen. Entschuldigen Sie.«
»Schon gut«, sagte er. »Erzählen Sie weiter.«
»Also, auf Ihren Reisen – ist Ihnen da einmal etwas Merkwürdiges an den Galaxien aufgefallen? Wie sie sich bewegt haben?«
»Bewegt?«, fragte der Richter verblüfft.
»Ich meine die Art, wie sie sich ständig voneinander entfernen?«
Er schüttelte den Kopf. »Ich kann nicht sagen, dass ich das ...«
»Aber es *muss* Ihnen aufgefallen sein. Das ist eins der wesentlichsten Merkmale unseres Universums ...«
»Es ist mir eben nicht aufgefallen, ja?«, schnauzte der Richter wütend. »Ich war müde zu der Zeit. Von allen musste ich mir ständig dieses wehleidige Gejammer anhören. Außerdem, es ist schon Ewigkeiten her. Wie kann man von mir verlangen, dass ich ...«

Er warf einen flüchtigen Blick auf den Terminkalender auf seiner Armbanduhr. »Menschenskind!«, rief er stirnrunzelnd. »Das kann ja wohl nicht wahr sein! Das heißt... ich muss jetzt schon... Also, nach meinem Kalender ist die Untersuchung vor *zweihundertsiebzig* Tagen zu Ende gewesen! Ich fass es nicht! Kein Wunder, dass Fred Zustände kriegt...«

»270? Haben Sie 270 gesagt?«, wiederholte sie und bemühte sich, überrascht zu wirken. »Du meine Güte, wie die Zeit verfliegt!«

Der Richter machte Anstalten aufzustehen.

»Aber wollen Sie denn nicht die Antwort wissen?«, fragte Physis.

»Die Antwort worauf?«

»Das mit dem Raum. Ob er Sachen umherstößt.«

»Oh... Na, gut. Machen Sie weiter. Aber schnell. Ich muss wirklich allmählich ans Packen denken.«

»Die Antwort ist: ja«, sagte Physis eilig. Sie war bestürzt. Der Richter schien plötzlich jedes Interesse verloren zu haben. Das ganze rechte Bein seines Hologramms war verschwunden.

»Der Raum stößt und schiebt tatsächlich Dinge umher«, sprach sie hastig weiter. »Ebendas geschieht mit den Galaxien. Alle Galaxien bewegen sich voneinander weg. Je weiter weg eine Galaxie ist, desto schneller rast sie in die Ferne davon. Sie entfernen sich nicht durch den Raum voneinander – nicht *durch* den Raum. Es ist der Raum selbst, der sich ausdehnt. Der Raum an sich – leerer Raum – wird größer. Und da er größer wird, nimmt er die Galaxien mit sich.«

Der Richter fand das schwer zu verstehen. »Leerer Raum dehnt sich aus? Wie . . .?«
»Ich zeige es Ihnen morgen.«
»Nein, nicht morgen!«, donnerte der Richter. »Sie zeigen es mir *jetzt*!«
»Aber das geht nicht. Ich brauche ein Gummituch.«
»Dann holen Sie eins! Hören Sie, ich lasse nicht zu, dass Sie noch mehr von meiner Zeit verschwenden. Sie haben doch gehört, was ich gesagt habe: Es war der 270ste Tag . . .«
»Aber ich muss Pennys darauf kleben!«
»Pennys!«
»Und der Kleber braucht Zeit zum Trocknen.«

So kam es, dass Physis am nächsten Abend mit einer Rolle Gummituch unter dem Arm erschien. Ob der Richter noch da war? Sie atmete erleichtert auf, als sie vom Wirt erfuhr, er sei noch nicht abgereist. Doch der Anblick einer Reihe gepackter Koffer im Flur, alle mit dem Schild: ANDERSWO versehen, verstörte sie.
»Es funktioniert prächtig«, sagte sie zum Richter, als sie das Nebenzimmer betrat. »Ich habe es heute Nachmittag meinen Kindern vorgeführt.«
Sie rollte das Gummituch auseinander und zeigte ihm die Pennys, die sie aufgeklebt hatte. »Die stehen für die Galaxien«, sagte sie. »Wenn Sie jetzt an dieser Seite anfassen, halte ich es auf der anderen fest. So geht das. Wenn ich sage ›ziehen‹, ziehen wir beide, ja? O. k. Halten Sie es? Gut, dann *ziehen*!«
Damit zogen sie in entgegengesetzten Richtungen an dem Tuch, um den Gummi zu dehnen. Beim Ziehen

bewegten sich die Pennys immer weiter auseinander.
»Da!«, rief Physis. »Sehen Sie, was ich meine? Es ist das sich dehnende Gummituch, der sich ausdehnende Raum zwischen den Pennys, das sie transportiert. Und genauso ist es mit den Galaxien: Der sich ausdehnende Raum zieht sie mit sich.«
»Ah«, sagte der Richter. »Ja, ich verstehe. Jetzt wird es mir klar. Ja, das ist interessant. Und diese Ausdehnung – wie lange soll die so weitergehen?«
»Ich bin froh, dass Sie das fragen«, sagte Physis. »Eine so wichtige Frage! Gerade für jemanden in Ihrer Position.«
»Warum gerade für mich?«
»Na ja, wo Sie doch über die Zukunft des Universums entscheiden müssen. Niemand kann verlangen, dass Sie eine Entscheidung treffen, ohne vorher gründlich die Alternativen abzuwägen. Das Universum ›erneuern‹? Gut, das ist eine Möglichkeit. Andererseits – was würde mit dem Universum geschehen, wenn Sie es so lassen, wie es ist? Könnte es nicht sein, daß das Universum ohnehin auf ein Ende zusteuert? Was würden die von der Vereinigung sagen, wenn Sie ihr Geld verschwenden, Ihre Zeit und Freds Zeit – nur um sich von einem Universum zu befreien, das sich sowieso ganz von selbst auflösen wird?«
»*Von selbst* auflösen?«, wiederholte der Richter. »Ist das denn möglich?«
Sie nickte.
»Tatsächlich?« Er dachte einen Augenblick darüber nach. Dann ergänzte er: »Nun, in diesem Fall haben Sie wohl Recht, nehme ich an. Habe noch nie von

einem Universum gehört, das eventuell ganz von allein aufhört zu existieren – ohne Kosten. Ja, doch, erzählen Sie mir lieber mehr darüber.«

Am nächsten Morgen hatte der Richter seine Koffer wieder ausgepackt und während der folgenden Abende erzählte ihm Physis, warum der Schlüssel zur Zukunft des Universums in der Gravitation liegt. Die Gravitation zwischen den Galaxien verlangsamt das Tempo der Ausdehnung. Wie stark ist diese Tendenz? Es kommt ganz darauf an, wie viel Materie im Raum vorhanden ist. Geht man bei der Berechnung von der Materie aus, die uns bekannt ist, dann ist die Gravitation nicht stark genug, um die Ausdehnung zu stoppen. Das Universum wird ständig größer und größer werden – für immer. Gibt es aber mehr Materie im Raum – Materie, die noch nicht entdeckt worden ist, wer weiß? –, könnte die Gravitation gerade stark genug sein, um die Galaxien zum Stillstand zu bringen. Was würde dann passieren? Die Schwerkraft würde die Galaxien wieder zusammenziehen, bis sie alle übereinander stürzen würden. Das ganze Universum auf einen Punkt gebracht!

»Weiter, weiter!«, drängte der Richter aufgeregt. »Was geschieht dann?«

Physis zuckte mit den Schultern. »Unmöglich zu sagen. Es könnte das Ende sein – das Universum ausgelöscht. Oder vielleicht auch nicht. Es könnte sein, dass dann alles wieder zurückprallt und sich abermals nach allen Seiten ausdehnt – bis zum nächsten Rückprall. So könnte es immer weitergehen.«

»Faszinierend!«, sagte der Richter.
»Dann ist da die Frage, wie groß das Universum ist. Ist es unendlich? Wenn nicht, was liegt außerhalb? Aber«, fügte sie augenzwinkernd hinzu, »hat diese letzte Frage eigentlich Sinn?«
»Sinn?«, sagte der Richter. »Warum nicht?«
»Wenn man sagt, etwas liegt außerhalb von etwas anderem, meint man damit: Es ist irgendwo anders – an einem anderen Punkt im Raum, richtig?«
»Ja.«
»Wir sprechen aber vom Universum. Das schließt den *ganzen* Raum ein. Ist also der *ganze* Raum in unserem Universum – ist der Raum Teil des Universums selbst –, kann nichts von diesem Raum *außerhalb* sein. Und wenn es kein ›außerhalb‹ des Universums gibt, kann nicht gut *etwas* außerhalb sein – es wäre nämlich kein Platz da!« Physis und der Richter verbrachten mehrere Abende im Gespräch über diese Vorstellung.

Dann kam der Abend, an dem der Richter bemerkte: »Selbst wenn ihr nichts *außerhalb* eures Universums haben könnt, ist das natürlich kein Grund, warum es nicht Dinge geben sollte, die nicht zu eurem Universum gehören. Da sind schließlich noch all die anderen Universen.«
»Nun, Sir, das muss ich Ihnen wohl so glauben.«
»Natürlich. Ist man Teil eines Universums, kann man nicht erwarten, dass man etwas über die anderen weiß.«
»Ganz schön clever – wie *Sie* so von einem zum ande-

ren hüpfen können, um nach Anderswo zu kommen.«
Er nickte. »Clever. So ist es.«
»Aber wenn sie nicht *außerhalb* dieses Universums sind, diese anderen Universen, wo … also, Sie wissen schon …«
»Sie haben ihre *eigene* Art von Raum, das ist es«, sagte der Richter lächelnd. »Es gibt mehr als nur eine Art. Deshalb müssen sie nicht irgendwo in *Ihrem* Raum sein.«
»Ach, ich verstehe …«, murmelte Physis. In ihrem Kopf nahm eine neue Idee Gestalt an – eine weitere Möglichkeit, wie man die Unterhaltung in Gang halten und so den Aufbruch des Richters noch einmal aufschieben könnte. »Es muss wohl ein wenig ähnlich sein wie in diesem Universum: viele verschiedene Räume – nicht nur einer«, warf sie hin und bemühte sich, dass es möglichst lässig klang.
»Wie bitte?«, fragte der Richter. »Versch …?«
»Natürlich. Sie werden ja wohl nicht glauben, dass es nur einen gibt?«
»Davon hat mir keiner was gesagt!«, brach es aus ihm heraus. »Mehr als einen … O nein, sagen Sie bloß nicht, es gibt noch mehr Formen von Leben, die ich berücksichtigen muss …«
»Nein, nein …«
Piep! … Piep!
»Um Himmels willen, nicht jetzt, Fred!«
»Aber Sir«, jammerte der Exterminator. »Haben Sie schon gehört? Ich soll auf halben Lohn gesetzt werden! *Auf halben Lohn!* Damit kann ich unmöglich auskommen. Meine Rentabilität ist gesunken, sagen sie.

Also, da frage ich Sie: Wessen Schuld ist das? Ich hab versucht, ihnen zu erklären ...«

Zack! Der Richter stopfte das Videofon unter ein Kissen.

Er wandte sich wieder an Physis. »Weiter! Mehr Räume? Welche Arten von Räumen?«

»Äh ... ja«, stammelte Physis. Diese plötzlichen Erinnerungen an die Bedrohung, die über dem Universum hing, wirkten sich nicht gerade günstig auf ihre Konzentration aus.

»Ja, ich habe also gesagt, dass es unterschiedliche Räume gibt. Wie wir beide hier sitzen, nehmen wir denselben Raum ein. Wenn ich aber Folgendes tue ...« Sie erhob sich und ging langsam zur Tür, »... dann ist mein Raum nicht mehr Ihr Raum.«

»Seien Sie nicht albern«, rief der Richter. »Natürlich ist es derselbe.«

»Nein«, behauptete sie und dabei setzte sie langsam ihren Weg fort. »Hätten wir denselben Raum, würde das bedeuten, wir würden übereinstimmend feststellen, wie weit ich von dieser Tür entfernt bin – unsere gemessenen Entfernungen wären dieselben.«

»Ja, ja. Natürlich. Und?«

»Aber so ist es nicht. Die Entfernungen sind nicht dieselben. Würden Sie mit Ihrem Maßband messen und ich im selben Augenblick mit meinem, würden wir zu unterschiedlichen Ergebnissen kommen.«

»Dann beschaffen Sie bessere Maßbänder«, sagte der Richter. »Maßbänder von derselben Länge.«

»Nein, das hat nichts mit der Länge zu tun«, erwiderte sie. »Die Maßbänder sind identisch.«

Inzwischen hatte sie die Tür erreicht. Sie blieb stehen, dann kam sie zu ihrem Platz zurück.
»Ich versteh nicht«, sagte er ratlos.
»Es ist, wie ich sage: Wenn ich mich bewege – relativ zu Ihnen und zu diesem Zimmer –, ist mein Raum nicht Ihr Raum. Die Entfernungen, die ich in diesem Zimmer messe – immer in der Richtung, in der ich mich bewege –, sind nicht die gleichen wie Ihre; meine Entfernungen sind zusammengedrückt. Zu jedem Zeitpunkt ist für mich die Entfernung zur Tür kürzer als für Sie.«
»Sie wollen also sagen, wenn ich von meinem jetzigen Standpunkt aus und ohne mich zu bewegen die Entfernung zur Tür messe, komme ich, sagen wir mal, auf sechs Meter. Schön. Und dann stehe ich auf, gehe in Richtung Tür und messe die Entfernung noch einmal – sofort, bevor ich auch nur ein Stück gehen konnte – und Sie sagen, die Tür ist jetzt *näher*? Ich komme vielleicht auf nur ... sagen wir mal, drei Meter?«
Physis lachte. »Ja, das ist richtig«, sagte sie. »Aber es wären nicht drei Meter. Eine Entfernung von sechs Metern auf drei Meter verringern, das könnte man nur, wenn man sich mit ungefähr neun Zehntel der Lichtgeschwindigkeit bewegt – um die 270 000 km in der Sekunde. Nein, bei Schrittgeschwindigkeit oder jeder anderen Geschwindigkeit, die auf der Erde in Frage kommt – die Geschwindigkeit eines Zuges oder eines Flugzeuges etwa –, ist das Schrumpfen nicht erkennbar. Aber es ist da, es ist immer da. Mit den richtigen Geräten könnte es gemessen werden.«

Der Richter war verblüfft. Mehrere Abende beschäftigten sie sich ausschließlich mit dem VD-Player und probierten, wie alles wäre, wenn man bei unterschiedlichen Geschwindigkeiten bis hin zur Lichtgeschwindigkeit – oder zumindest nahezu bis dahin – herumfliegen würde. Wie lachten sie, als sie feststellten, dass einem mit solcher Geschwindigkeit fliegenden Astronauten die Erde, der Mond und die Sonne flach zusammengedrückt erscheinen würden – wie Pfannkuchen.

Zwischendurch ließ sich unter dem Kissen her von Zeit zu Zeit ein gedämpftes *Piep!* ... *Piep!* hören.

Die Zeit vergeht – oder?

Man hätte annehmen können – da die Zukunft des Universums auf dem Spiel stand –, dass sich das Weltinteresse ganz auf die Gespräche im Roten Löwen richten würde. Eine kurze Zeit war es auch so. Als der Richter nicht wie erwartet nach Hause reiste, kehrten die Medienleute in großer Zahl nach Bumbledon zurück. Eine Flut von Zeitungsartikeln erschien über Physis: wie man ihren Namen richtig aussprach, was in der großen Tasche sein mochte, die sie immer bei sich trug, wie sie sich kleidete und so weiter. Es gab auch einen äußerst unfreundlichen Artikel über ›Miss Wichtigtuerin‹. Darüber war Physis sehr empört.

Inzwischen versuchten die Politiker, einander mit Behauptungen zu übertrumpfen, es sei allein ihr Verdienst, dass die Urteilsvollstreckung vorläufig gestoppt sei. Sie erklärten, der Rat, den sie Physis gegeben hätten, spiele eine ganz wesentliche Rolle bei den Verhandlungen. (Welcher Rat? Welche Verhandlungen?, dachte Physis wütend.)

Doch so schnell das Interesse noch einmal aufgeflammt war, so schnell erlosch es wieder. Da waren zum einen Popsänger und Filmstars, die in diesen

Tagen die unwahrscheinlichsten Eheschließungen bekannt gaben. Sie wetteiferten miteinander, wer die verrückteste Hochzeit zustande bringen würde. Das war gute Werbung. Und da es ohnehin auf das Ende der Welt zuging, müssten sie ja nicht lange verheiratet bleiben. Die Zeitungen nahmen solche Nachrichten gierig auf.

Dann der Weltcup. Erst wurde er abgesagt – wie alles andere. Die Fußballer trainierten nicht mehr. Aber mit jedem weiteren Reiseaufschub des Richters wurden neue Hoffnungen bei den Menschen geweckt. Schließlich begann eine wilde Jagd, um vor dem E-Day noch einen letzten Wettbewerb auszurichten. Es herrschte fieberhafte Erregung: Auf allen Fernsehkanälen wurden die Eröffnungsspiele gezeigt. (Na gut, vielleicht nicht auf allen Kanälen, aber es kam einem so vor.)

Auf diese Weise zog wieder Normalität in Bumbledon ein. Was die Medien betraf, so reagierten sie mit Sprüchen wie: ›Ende der Welt? Könnt ihr vergessen. Schnee von gestern, längst keine Nachricht mehr wert.‹

So konnte Physis also am *312ten* Abend in Ruhe zum Gasthaus spazieren. Dabei merkte sie, daß sie dem Richter allmählich nichts Interessantes mehr über die Auswirkung zu erzählen hatte, die hohe Geschwindigkeit auf den Raum hat. Wollte sie weiterhin auf Zeitgewinn spielen, würde sie sich wieder einmal den Kopf zerbrechen und sich etwas Neues ausdenken müssen. Aber heute Abend war sie ganz besonders müde. Es war Freitag – und die Kinder waren die ganze Woche unwahrscheinlich aufgedreht gewesen. Jamie zum Beispiel war tagelang durch den Flur gedüst. ›Aber Miss Physis, es ist doch ein *Experiment.* Ich lasse die Tür am Ende des Flurs näher kommen. Und Sie haben selbst gesagt, wenn wir was sehen wollen, müssen wir ganz, ganz schnell sein!‹ Dann die Entwürfe – Bilder von Astronauten und Modelle von Raumschiffen –, die Physis auf Drängen der Kinder mitnehmen und dem Richter zeigen sollte. ›Und sagen Sie uns, was er dazu meint.‹

Tatsächlich nahm sich der Richter ziemlich viel Zeit und begutachtete die Arbeiten der Kinder geduldig. Er machte sich sogar die Mühe und schrieb hilfreiche Anmerkungen dazu.

»Die Kinder werden sich ja so freuen!«, sagte Physis. »Und Sie scheinen das ja ganz gern zu machen. Ich nehme an, Sie haben selbst Kinder?«

Er lächelte. Es war das Lächeln von jemandem, der sich über einen geheimen Witz freut. »Äh... Nicht direkt. Nein, dort, wo ich herkomme, haben Leute wie ich keine Kinder – nicht in dem Sinn wie ihr hier. Es gibt da andere Möglichkeiten.« Er machte eine unbestimmte Geste. Dann hielt er inne und schüttelte den Kopf. »Nein, ich kann es nicht erklären, es würde zu lange dauern«, sagte er. »Und die Zeit haben wir nicht«, ergänzte er und sah sie dabei vielsagend an.

Physis war fast zu müde, um mit ihm zu diskutieren. Aber nicht zu müde, um das Gespräch fortzuführen...

»Kommt darauf an«, sagte sie.

»Hmmm? Kommt darauf an? Was kommt darauf an?«
»Kommt darauf an, über wessen Zeit wir hier reden.«
»Über *wessen* Zeit? Was meinen Sie …?«
Breit lächelnd sah sie ihn an. »Hören Sie bloß auf«, sagte sie. »Ich merke es doch, wenn Sie mich zum Besten halten!«
»Zum Besten …? Was …?«
»Sie wissen genauso gut wie ich, dass es mehr als eine Zeit gibt. Es *muss* mehr als eine geben. Denken Sie nur einmal daran, was wir von der Geschwindigkeit gesagt haben und was sie mit dem Raum macht. Sehen Sie, es ist doch ganz einleuchtend.«
»Einleuchtend?«, sagte der Richter ratlos.
»Aber ja doch. Es ist einleuchtend, dass auch die Zeit von Geschwindigkeit beeinflusst wird. Das *müssen* Sie doch wissen«, fuhr Physis fort. »Sie können nicht die Welt vernichten, ohne zu wissen, *wann*! Was wollen Sie in Ihre Berichte schreiben? Sie führen doch Berichte …?«
»Natürlich«, knurrte er verärgert. »Jeden in zwanzigfacher Kopie.«
»Was wollen Sie also für eine Zeit eintragen für die Vernichtung des Universums? *Ihre* Zeit oder …« An dieser Stelle erhob sie sich und ging langsam auf die Tür zu. »… oder *meine* Zeit?«
»O nein«, stöhnte der Richter. »Sie fangen doch wohl nicht wieder mit Ihren Wanderungen an?«
Physis setzte sich wieder. »Ich will es nur deutlich machen.«
»Was?«
»Wenn ich mich bewege, ist meine Zeit nicht gleich

Ihrer Zeit. Genau wie wir nicht denselben Raum einnehmen, haben wir auch nicht dieselbe Zeit.«
Der Richter schüttelte langsam den Kopf. »Das glaube ich einfach nicht!«
»Ich fürchte, das *müssen* Sie wohl«, sagte sie. Dann sah sie sich um und seufzte. »O nein! Ich habe den VD-Player nicht dabei. Heute Morgen habe ich es noch geahnt, daß ich ihn brauchen würde...« Tränen stiegen ihr in die Augen. »Entschuldigung«, murmelte sie. »Ich... ich bin müde. Ich habe vergessen... Dieser Jamie – manchmal könnte ich ihn glatt umbringen!«
»Nicht nötig«, sagte der Richter. »Überlassen Sie den ruhig mir – und die anderen auch.« Er lachte.
Das war zu viel für Physis. Sie brach in Tränen aus. Das Schluchzen schüttelte sie nur so.
»Tut mir Leid«, rief der Richter. »Ich hab's nicht so gemeint. Sollte ein Witz sein. Ein Witz, hören Sie? Es war nur so was wie ein Witz. Hier... hilft das?«
Er reichte ihr ein Taschentuch. Sie nahm es und trocknete sich damit die Tränen ab.
»Meine Güte«, stöhnte Physis. »Was müssen Sie nur von mir denken?«
»Schon gut«, sagte der Richter. »Meine Schuld. Kommen Sie, wir machen jetzt Schluss.«
»Aber...«, protestierte Physis.
»Keine Angst. Sie bekommen morgen Ihre Chance. Erzählen Sie mir morgen davon. Ich warte. Schließlich kann ich nicht gut abreisen, wenn ich nicht weiß, wie ich die Formulare für die Berichte ausfüllen muss, hm?«, sagte er und lachte leise in sich hinein.

Nachdem Physis fast den ganzen Samstagvormittag geschlafen hatte, fühlte sie sich wesentlich besser, als sie abends ins Gasthaus kam. »So«, sagte sie, während sie ihren VD-Player aufbaute. »Schauen Sie sich das an. Da haben wir unseren Astronauten wieder. Er fliegt zu einem fernen Planeten – wie letztes Mal. Er rechnet sich die Entfernung dorthin aus und kommt, nehmen wir mal an, auf die Hälfte des Wertes, den der Flugleiter im Kontrollzentrum errechnet hat. Sein Raum ist durch die Geschwindigkeit zusammengedrückt, ja?«

Der Richter nickte.

»Genauso ist es auf der Rückreise. Wieder kommt ihm die Entfernung nur halb so groß vor wie normal.«

»Ja, ja«, sagte der Richter ein wenig ungeduldig.

»Also gut. Angenommen, die beiden stellen beim Aufbruch des Astronauten ihre Uhren auf dieselbe Zeit und vergleichen sie dann bei seiner Rückkehr. Was werden sie feststellen?«

»Na?«, sagte der Richter argwöhnisch.

»Ihre Uhren stimmen nicht mehr überein«, antwortete Physis.

»So? Man soll eben keine billigen Uhren kaufen.«

Physis lächelte. »Nein, nein. Daran liegt es nicht. Die Uhren sind ja nicht falsch gegangen. Sie stimmen nur nicht mehr überein.«

Der Richter wirkte ärgerlich. »Hören Sie mal ... Was reden Sie da eigentlich?«

»Es ist ganz einfach«, versicherte Physis. »Der Astronaut glaubt, er legt die Hälfte der normalen Entfernung zurück, ja? Wenn er also die halbe Entfernung zurücklegt, braucht er auch nur die halbe Zeit. Bei seiner Rückkehr zeigt seine Uhr nicht dieselbe Zeit an wie die des Flugleiters. Behauptet dieser, der andere sei 20 Jahre lang weg gewesen, so sagt der Astronaut, es hätte nur 10 Jahre gedauert.«

»Ja, aber er weiß, dass es nicht wirklich 10 Jahre waren«, meinte der Richter. »Auf dem Flug wird er sehen, dass seine Uhr nachgeht. Er weiß ja, dass sie zusammengedrückt wird – wegen der Geschwindigkeit.«

»Wird er eben nicht«, sagte Physis.

»Was?«

»Er wird eben nicht sehen, dass seine Uhr nachgeht.«

»Natürlich – wenn man ihm sagt, er soll immer darauf achten«, widersprach der Richter.

»Nein, Sie verstehen nicht«, erklärte Physis geduldig. »Es ist ja nicht so, dass die Geschwindigkeit das Uhrwerk zusammendrückt oder so etwas Ähnliches. Es ist die *Zeit selbst*, die im Raumschiff langsamer vergeht. *Alles* im Raumschiff läuft langsamer ab: die Geschwindigkeit, mit der die Monitorbilder auf dem Kontrollfeld abgetastet werden, die Geschwindigkeit, mit der die Lichter blinken, wie schnell die Glühbirnen ausbrennen, der Herzschlag des Astronauten, seine Atmung – und sein Denken. Er blickt also mit einem Gehirn, das langsamer funktioniert, auf eine Uhr, die langsamer geht. Die Uhr geht halb so schnell wie normal, aber das Gehirn funktioniert auch nur halb so schnell wie normal. Das heißt, für den Astronauten ist seine Uhr ganz so wie immer.«

»Das glaube ich nicht«, sagte der Richter.

»Aber es stimmt«, bekräftigte Physis. »Wir *wissen*, dass es stimmt. Man hat es gründlich untersucht.«
»Aber wer hat Recht?«, wollte er wissen. »Wessen Zeit ist die *richtige* Zeit?«
Physis lachte. »Beide sind richtig. Das ist der springende Punkt. Es gibt keinen Grund zu behaupten, die eine sei richtiger als die andere.«

An den folgenden Abenden machten sie auf dem VD-Player Experimente mit Astronauten, die mit unterschiedlichen Geschwindigkeiten fliegen. Es war so ähnlich, als wenn man im Fernsehen Zeitlupen-Wiederholungen sieht. Der Richter staunte, wie stark Dinge verlangsamt werden konnten. Ganz, ganz nah an der Lichtgeschwindigkeit kamen sie fast zum Stillstand.
»Bei dieser Geschwindigkeit könnte der Astronaut ja ewig leben!«, rief er.
»Sicherlich. Genau das nimmt der Flugleiter auch an«, nickte Physis. »Aber der Astronaut selbst empfindet es nicht so. Aus seiner Sicht geht das Leben weiter wie immer. Vergessen Sie nicht, sein Denken ist verlangsamt.«

Am *325sten* Abend machte Physis den Richter auf eine zweite Möglichkeit aufmerksam, wie Zeit beeinflusst werden kann. Würden aus der Sicht des Flugleiters zwei Dinge gleichzeitig geschehen – sagen wir, ein Blitzschlag in Manchester und einer in Los Angeles –, würden sie, vom Astronauten aus gesehen, *nicht* zur gleichen Zeit stattfinden! Einer käme *vor* dem anderen. Es könnte beispielsweise so sein, dass der Blitz in Manchester um den Bruchteil einer Sekunde vor dem in Los Angeles einschlüge. Würde ein weiterer Astronaut in entgegengesetzter Richtung zum ersten fliegen, würde auch der behaupten, dass die Blitze nicht gleichzeitig gezuckt hätten. Aber von diesem Astronauten aus betrachtet würden sie in umgekehrter Reihenfolge aufblitzen: Der Blitz in Los Angeles käme zuerst!

Der Richter beugte sich vor und hielt sich den Kopf. »Das reicht! Ich glaube, mehr ertrage ich nicht! Unterschiedliche Räume, unterschiedliche Zeiten. DAS ERGIBT DOCH ÜBERHAUPT KEINEN SINN!«

Physis lächelte triumphierend. »O doch!«, verkündete sie. »Es ist eines der Rätsel, die wir eben doch verstehen – bis zu einem gewissen Grad jedenfalls. Morgen Abend? Gleiche Zeit?«

Ohne aufzuschauen, immer noch den Kopf in die Hände gestützt, nickte er matt.

Der *326ste* Tag: Physis hatte vor, den Richter mit der vierten Dimension bekannt zu machen. Sie hatte den Plan erst bei ihren Kindern ausprobiert und die fanden es ›absolut Spitze‹!

Als sie den Richter an diesem Abend besuchte, kramte sie eine Kamera aus ihrer Tasche hervor. Es war eine Polaroidkamera, in der die Bilder sofort entwickelt wurden. Dann machte sie Fotos von der Uhr auf dem Kaminsims, und zwar aus verschiedenen Perspektiven. Die Bilder waren im Nu fertig. Physis breitete sie vor dem Richter aus.

»Sehen Sie«, sagte sie. »Alle unterschiedlich!«
»Und?«, sagte der Richter.
»Aber sie sehen alle verschieden aus!«, sagte sie. »Irritiert Sie das denn nicht?«
»Warum sollte es?«
»Es hat Sie doch irritiert, dass die Entfernung zu einem Planeten für den Astronauten und für den Flugleiter verschieden ist – und dass für den Astronauten die Erde zusammengedrückt aussieht . . .«
»Das ist nicht das Gleiche«, unterbrach er sie. »Das waren *richtige* Entfernungen. Auf den Bildern hier, das sind doch keine richtigen Entfernungen. Es sind nur . . . Fotos.«
»Was haben Sie gegen Fotos?«, fragte Physis.
»Erstens mal sind sie *flach*! Richtige Gegenstände, die Uhr hier zum Beispiel, sind nicht flach. Die Uhr ist massiv. Man kann sie aus verschiedenen Richtungen betrachten. Ihre Form ändert sich. Ich meine: Die Form *scheint* sich zu ändern. Aber sie ändert sich nicht wirklich – nur ihre *äußere Erscheinung*. Das ist alles, was diese Fotos zeigen: nur die *äußere Erscheinung* der Uhr – aus dem einen oder anderen Blickwinkel.«
»Genau!«, rief Physis strahlend. »Das ist es doch, was ich sagen wollte. Die Uhr – die echte Uhr – ist dreidimensional, 3-D. Das heißt, sie dehnt sich in drei Richtungen aus: nach oben und unten, nach rechts und links, nach vorn und hinten. Das Foto hat nur zwei Dimensionen: oben-unten und rechts-links. Es kann nichts in der Vorn-hinten-Richtung zeigen. Deshalb zeigt das Foto nur eine äußere Erscheinung. Wir nennen es 2-D-Projektion.«

»Ja, ja«, sagte der Richter, »das weiß ich alles. Was wollen Sie damit sagen?«

»Nun«, sagte Physis lächelnd. »Wir sind gewöhnt, dass Fotos verschieden aussehen, weil wir wissen, dass es sich nur um 2-D-Projektionen von Dingen handelt, die eigentlich 3-D sind – wie die Uhr beispielsweise. Was ich sagen will, ist Folgendes: Wenn wir feststellen, dass selbst 3-D-Gegenstände verschieden aussehen können – die Entfernung zu einem Planeten beispielsweise oder die Form der Erde –, kommt das nicht vielleicht daher, dass auch sie nur Projektionen sind? Bloße Trugbilder – nicht die richtigen Gegenstände selbst?«

»Trugbilder?!«, sagte der Richter verblüfft. »Wieso? Sie sind dreidimensional . . .«

»Ja, 3-D. Aber angenommen – nur einmal angenommen –, der richtige Gegenstand hätte noch mehr Dimensionen. Angenommen, er hätte *vier*! Dann bekäme man von 4-D-Gegenständen 3-D-Projektionen. Diese Projektionen müssten daher nicht gleich aussehen. Sie könnten unterschiedlich sein, je nachdem, welchen Blickwinkel man hat. Je nachdem, welche Geschwindigkeit.«

Der Richter machte ein verständnisloses Gesicht.

»Nehmen wir das Beispiel der Uhr«, erklärte Physis weiter. »Wenn man unterschiedliche Fotos davon machen will, muss man um die Uhr herumgehen – den Blickwinkel ändern, sie von verschiedenen Seiten betrachten. Will man nun bei 4-D-Gegenständen so etwas wie andere ›Blickwinkel‹ bekommen, erreicht man das, indem man die Geschwindigkeit ändert. Der

Astronaut und der Flugleiter – sie haben unterschiedliche Geschwindigkeiten, also haben sie unterschiedliche ›Blickwinkel‹.«

Der Richter kratzte sich am Kopf. »Aber ich verstehe immer noch nicht. Diese vierte Dimension … ich meine … *Wo* ist sie? Ich sehe keine vierte Dimension.« Und ärgerlich ergänzte er: »Und dieses Grinsen können Sie ruhig bleiben lassen. Wenn Sie so klug sind, dann zeigen Sie mir doch mal die vierte Dimension. Los, lassen Sie sehen.«

Physis ging zum Kamin, streckte den Arm aus und tippte gegen die Uhr auf dem Kaminsims.

Der Richter sah zu ihr hin. »Was soll denn das nun wieder bedeuten?«

»Das ist die vierte Dimension: ZEIT.«

»*Zeit*!«, rief er aus. »Wie kann denn *Zeit* etwas damit zu tun haben?«

Physis überlegte einen Augenblick, dann begann sie wieder: »Nehmen Sie den Astronauten. Er fliegt zu dem entfernten Planeten, ja? O. k., achten Sie jetzt auf zweierlei: erstens auf seinen Abflug von der Erde, zweitens auf seine Ankunft auf dem Planeten. Wir haben bereits festgestellt, dass der Astronaut und der Flugleiter Dinge unterschiedlich sehen. Sie stimmen nicht darin überein, wie weit die Strecke zu dem Planeten ist. Mit anderen Worten, sie stimmen nicht darin überein, wie weit die beiden Ereignisse im Raum auseinander liegen. Sie stimmen auch nicht überein, was die Dauer der Reise betrifft. Sie stimmen nicht überein, wie weit die beiden Ereignisse in der Zeit auseinander liegen. Wie kommt das nun? Das kommt, weil der Raum – 3-D-Raum – nur eine Erscheinungsform ist und die Zeit ebenfalls. Die *wirkliche Welt* ist vierdimensional – eine Art ›Raum‹ aus normalem 3-D-Raum *plus* einer vierten Dimension, die allein mit der Zeit zu tun hat. Man nennt das 4-D-›Raumzeit‹.«

»Aber ich sehe den Sinn nicht ein«, sagte der Richter. »Warum so kompliziert?«

»Aber es ist nicht kompliziert – nicht wirklich«, ereiferte sich Physis. »Verstehen Sie, der Astronaut und der Flugleiter sind sich vielleicht nicht einig über ihre 3-D-Projektion im Raum oder ihre 1-D-Projektion in der Zeit, aber über das, was in der 4-D-Raumzeit existiert, sind sie sich völlig einig. Fragt man sie nach der Bewertung der beiden Ereignisse in *vier* Dimensionen, erhält man von jedem dasselbe Ergebnis!«

»*Dasselbe* Ergebnis?«, wiederholte der Richter verwirrt.

»Ja! Großartig, was?«

»Ah ... Ah, ich verstehe ...«, brummte er. »Wenn sie zu demselben Ergebnis in 4-D kommen ... O. k., ziemlich einleuchtend. Ja, doch, allmählich ergibt es wahrscheinlich doch einen Sinn.«

»Ja, der gute alte Einstein!«

»Wer?«

»Ach, nichts. Nur jemand, der früher mal hier gelebt hat. Einstein war es nämlich, der das alles als erster entdeckt hat.«

»Aha.«

»Deshalb wissen wir, dass die Welt 4-D ist«, sagte Physis.

»Hmmm«, nickte der Richter. »Sehr interessant.«

»Wohlgemerkt, es hat lange gedauert, das alles heraus-

zufinden«, sagte sie lachend. »Dass sich Zeit so sehr von Raum unterscheidet – dass man das eine mit dem Metermaß misst, das andere mit Uhren.«
Im Lauf der nächsten Abende untersuchten sie die Möglichkeit, ob es noch mehr Dimensionen geben könnte: eine fünfte, eine sechste, eine siebente usw. – Dimensionen, die man bis jetzt noch nicht erkannt hat, da auch sie – genau wie die Zeit – auf den ersten Blick scheinbar nicht viel mit normalem Raum gemeinsam haben.

Dann kam der *365ste* Abend – ein Abend, den Physis nie vergessen würde. Sie hatte einen angenehmen Tag erlebt. Viele nette Briefe aus aller Welt waren gekommen, in denen man ihr gratulierte, weil sie der Welt schon ein *ganzes* Jahr geschenkt hatte. Physis hatte einen großen Jubiläumskuchen für die Kinder gebacken. Sie wollten, dass sie dem Richter ein Stück mitnähme – doch Physis hielt das nicht für ratsam.
Zur gewöhnlichen Zeit traf sie im Gasthaus ein. »Guten Abend!«, rief sie vergnügt dem Wirt zu und ging schnurstracks ins Nebenzimmer. Im nächsten Augenblick gellte ein fürchterlicher Schrei durch das Haus. Die Tür zum Nebenzimmer wurde aufgerissen und Physis kam herausgestürzt. In ihrer Panik rannte sie den Wirt um und floh über den Flur zum Ausgang. Der Wirt hatte sich kaum aufgerappelt, da wurde er schon wieder zu Boden geschickt – diesmal vom Richter.
»Physis, Physis!«, schrie der Richter. »*Ich* bin's doch!

Kommen Sie zurück! Physis! Bleiben Sie stehen!«
Er lief hinter ihr her.

Mühsam kam der Wirt auf die Füße und leise vor sich hin fluchend, wischte er sich ab. Er runzelte finster die Stirn, dann schlurfte er über den Flur zum Nebenzimmer. Vorsichtig linste er durch die Tür. Alles war wie immer. Er schüttelte den Kopf.

»Und so was nennt sich Richter«, knurrte er. »Einfach widerlich. Der sollte es ja wohl besser wissen. Ist alt genug, dass er ihr Vater sein könnte ...«

Damit hastete er in den Schankraum, um ein paar Gerüchte unter die Leute zu bringen.

Zehn Minuten später war es dem Richter gelungen, Physis zum Umkehren zu bewegen.

»Es war *entsetzlich*!«, rief sie. »Ein Monster! Mit einer ganzen Menge Köpfe. Im Ernst. MIT VIELEN. Und es hat genau dort gesessen, wo Sie jetzt sind. Ganz zusammengesackt, die Köpfe schlaff, die Augen geschlossen. Als sei es eingeschlafen.«

»Ja, ich war eingeschlafen – zumindest eingedöst«, sagte der Richter.

»Sie? Sie meinen oben in Ihrem Zimmer? Ja, ich hab mich schon gewundert, wo Sie waren. Ganz sicher habe ich nicht damit gerechnet, *so etwas* hier anzutreffen.« Sie schauderte leicht. »Möchte mal wissen, wo es hin ist. Sie glauben doch nicht ...«

»*Hier* ist es«, sagte er und tippte sich an die Brust. »Ich bin das Monster. Ich war's.«

»Aber ... das kann doch nicht ...«, stammelte Physis. »Es hatte nicht die geringste Ähnlichkeit mit Ihnen. Diese Köpfe ...«

»Ich war eingeschlafen. Habe geträumt. Von den zehnköpfigen Parallel-Prozessoren des Pollux habe ich geträumt. Das waren die, die ich unmittelbar vor meiner Ankunft auf der Erde besucht habe. Im Traum habe ich mit ihnen diskutiert. Und da ...«
Er zuckte mit den Schultern.
»Und da?«, fragte sie.
»Und da hat das Hologramm eben bewirkt, dass ich so aussah wie sie. Hat wohl gedacht, sie seien echt. Es ist ein automatisches Hologramm, erinnern Sie sich? Ein nagelneues Modell. Noch nicht getestet.« Und mit einem Lachen ergänzte er: »Ich denke, wir schieben die ›Schuld‹ mal auf die Anfangsschwierigkeiten, ja? Aber das kommt schon noch in Ordnung. Sobald ich zurück bin, sage ich den andern Bescheid. Die überlegen sich etwas – dass das nicht noch mal passiert.«
»Und sehen die wirklich so aus?«, fragte Physis. »*Zehn* Köpfe, haben Sie gesagt?«
Er nickte.
»Wie sind sie dazu gekommen?«
»Evolution«, erwiderte der Richter beiläufig. »So hat sich eben die Evolution auf Pollux ergeben. Zwei Köpfe sind besser als einer, nicht wahr? Können doppelt so schnell denken. Großer Vorteil im Kampf ums Überleben. Dann: Drei Köpfe sind besser als zwei – und so weiter. Bisher sind sie bei zehn. Aber jetzt haben sie Schwierigkeiten.«
»Wieso?«
»Gleiche Rechte. Im Pollux-Parlament haben sie gerade ein Gesetz verabschiedet: Alle Köpfe haben gleiche Rechte. Bevor jetzt eine Entscheidung getrof-

fen werden kann, muss abgestimmt werden. Seitdem geht die Einwohnerzahl zurück.«
Physis war verblüfft. »Warum . . .?«
»Kreuzungen. Wenn man an eine Kreuzung kommt, muss man sich entscheiden – geht man links oder geht man rechts. Jetzt müssen sie erst abstimmen. Falls das Ergebnis zufällig 5:5 lautet: geradeaus.« Er schüttelte den Kopf. »Böse Sache. Steht auf Messers Schneide, ob sie sich selbst auslöschen oder nicht, bevor sie den elften Kopf entwickeln.«
»Den elften?«
»Ungerade Zahl. Damit wird der Stillstand überwunden.«
Der Richter zündete seine Pfeife an. »Aber genug davon. Gibt's noch etwas, das Sie mir über Ihre 4-D-Raumzeit hier erzählen wollen?«
»Eigentlich nicht. Außer . . .«
»Mmmm?«
»Nun, wo wir jetzt wissen, wie eng Raum und Zeit miteinander verknüpft sind, muss man sich doch wundern, wie sehr sie einander entsprechen. Nehmen Sie zum Beispiel die Tatsache, dass der ganze Raum zu jedem Zeitpunkt existiert. Kein Problem, oder? Ich meine, der ganze Raum. Dieser ganze Raum um uns herum existiert *jetzt* – in diesem Augenblick und in jedem anderen Augenblick – ja?«
Er nickte.
»Schön. Wenn also Zeit nur eine andere Dimension ist, würde man erwarten, dass alle Zeit an jedem Punkt des Raumes existiert.«
Wieder nickte er. Doch dann runzelte er plötzlich die

Stirn. »Alle …? Sagen Sie das noch mal! Alle *Zeit* …?«

Physis lächelte. »Genau. Merkwürdig, nicht wahr? Wenn man sich mal vorstellt, dass an diesem Punkt des Raumes – also hier in diesem Lokal – die ganze Vergangenheit existiert (alles, was jemals in diesem Raum geschehen ist) und die ganze Zukunft (alles, was künftig hier geschehen wird) gleichzeitig mit der Gegenwart, in der wir hier sitzen!«

Am nächsten Abend erklärte sie ihm, dass in der Raumzeit gewissermaßen nie etwas geschieht. Dass sich nie etwas verändert.

»Wissen Sie, wenn sich Dinge ändern, müssen sie sich *in der Zeit* ändern. Aber die Raumzeit kann sich nicht in der Zeit ändern – weil die Raumzeit gar nicht *in* der Zeit ist. Das geht nicht. Die Zeit ist *Teil* der Raumzeit selbst. Die Zeit ist in der Raumzeit, nicht die Raumzeit in der Zeit. Es ist umgekehrt, verstehen Sie?«

»Ich finde«, murmelte der Richter und paffte an seiner Pfeife, »es ist nicht einfach, sich die Zeit nur als weitere Dimension des Raums vorzustellen.«

»Ah …«, sagte Physis unbestimmt. »Nein, das ist nicht *ganz* richtig. Sicherlich ist die Zeit dem Raum viel ähnlicher, als wir dachten, das ist schon wahr. Aber es gibt doch Unterschiede zwischen Raum und Zeit – wesentliche Unterschiede.«

»Ach ja? Erzählen Sie.«

»Hmmm. Ich fürchte, das muss bis morgen warten. Ich brauche ein Video.«

Am *367sten* Abend spielte Physis ihm wie versprochen eine Videokassette vor. Der Film begann damit, dass ein Mädchen im Badeanzug die Trittleiter zum Sprungbrett hinaufstieg. Langsam ging sie zur äußeren Kante des Brettes und blieb stehen. Sie hob ihre Arme und war im Begriff zu springen. Aber Physis drückte auf ›Pause‹ und das Mädchen hielt mitten in der Bewegung inne.

»O. k.«, sagte Physis. »In welcher Richtung steht sie?«

»In welcher Richtung? Sie steht zum Wasser hin«, erwiderte der Richter. »Zumindest hoffe ich das für sie«, ergänzte er mit einem Grinsen.

»Nein, das meine ich nicht«, sagte Physis. »Ich meine die Himmelsrichtung. Schaut sie nach Norden, Süden, Osten, Westen oder was?«

»Wie soll ich das wissen?«, knurrte er.

»Genau. Das lässt sich unmöglich sagen. Und genauso ist es mit dem Raum. Die eine Richtung ist so gut wie die andere. Jetzt passen Sie auf.«

Sie drückte ein zweites Mal auf ›Pause‹ und ließ das Video weiterlaufen. Das Mädchen sprang. Wasser spritzte auf. Das Mädchen verschwand.

»Das ist die eine Möglichkeit, das Video abzuspielen«, sagte Physis. »Aber es gibt noch eine andere.«

Während sie zuschauten, strebten Wellenringe auf der Wasseroberfläche langsam auf einen Mittelpunkt zu. Wasserspritzer stiegen in die Luft, fielen wieder und kamen im selben Mittelpunkt zusammen, gleichzeitig kam das Mädchen aus dem Wasser geschossen. Füße voran! Als ihre Finger auftauchten, wurde die Wasseroberfläche plötzlich ganz ruhig. Inzwischen schwebte das Mädchen anmutig durch die Luft und kam elegant auf der Kante des Sprungbretts auf. Sie senkte die Arme und ging langsam rückwärts auf die Leiter zu, schaute nicht, wohin sie ging, und kam trotzdem heil an. Schließlich stieg sie die Sprossen hinunter, rückwärts.

Der Richter kicherte. »Da muss ich jedes Mal wieder lachen«, sagte er. »Wenn Filme rückwärts laufen, wenn Videos rückwärts laufen – das sieht so lächerlich aus.«

»Ach«, sagte Physis arglos. »Das können Sie sagen?«

»Was?«

»Sie können sagen, dass das Video verkehrt herum abgelaufen ist?«

»Natürlich.«

»Da haben Sie's also. Es *gibt* einen Unterschied zwischen Raum und Zeit. Sie wussten, was ›vorwärts‹ und was ›rückwärts‹ war – die Richtung der Zeit konnten Sie bestimmen, aber die Richtung im Raum konnten Sie nicht bestimmen – was ›Norden‹ war und was ›Süden‹.«

»Ah«, machte der Richter. »Das also ist der Unterschied zwischen Zeit und Raum!«

Physis schmunzelte.

»Was ist denn daran so witzig?«, fragte er misstrauisch.

»Nichts, nichts«, erwiderte sie schulterzuckend.

»Kommen Sie schon«, drängte er. »Wo liegt der Witz?«

»Nun ... Sie wissen, dass alles aus Atomen besteht – einschließlich allem, was wir hier auf dem Video sehen – das Schwimmbad, das Mädchen ...«

»Ja-a.«

»Gut. Dann will ich Ihnen mal zeigen, wie das auf der atomaren Ebene abläuft – was mit den einzelnen Atomen passiert.«
Sie ließ das Band eine Weile vorlaufen, dann drückte sie wieder auf ›Play‹.
»Ein kleiner Trickfilm«, kündigte sie an. »Das ist das Erste, was Atome tun ...«
Sie beobachteten, wie zwei Atome hin und her schwangen. Das war alles: Sie schwangen hin und her, hin und her. Es war, als hingen die Atome an einer unsichtbaren Sprungfeder.
»Und?«, sagte der Richter.
»O. k.«, sagte Physis. »Sie können schwingen. Und jetzt will ich Ihnen das hier zeigen.«
Sie drückte auf ›Review‹. Wieder schwangen die Atome hin und her. Nach einer Weile sagte der Richter irritiert: »Das haben wir schon gesehen. Können wir nicht weiter ...«
»Nein, das haben wir noch nicht gesehen, nicht wirklich. Es ist etwas anderes«, antwortete sie. »Das Video läuft jetzt *rückwärts*.«
»Rückwärts?«
»Ja. Wieso? Merken Sie das nicht?«
Der Richter sah auf. »Nein«, sagte er schulterzuckend. »Sollte ich? Für mich sieht das genauso aus wie vorher.«
»Genau. Hin und her schwingende Atome sehen kein bisschen unterschiedlich aus, ob man sie nun vorwärts in der Zeit oder rückwärts betrachtet. Jetzt sehen Sie sich das hier an. Das ist das Zweite, was Atome können.«

Sie sahen, wie ein Atom von links ins Bild kam und ein anderes von rechts. In der Mitte des Bildschirms trafen sie sich und prallten voneinander ab – das eine verschwand nach oben aus dem Bild heraus, das andere in entgegengesetzter Richtung nach unten.
»Das will ich Ihnen jetzt mal verkehrt herum zeigen«, sagte Physis.
Diesmal kamen die Atome von oben und von unten ins Bild, prallten aufeinander und verschwanden nach links und rechts.
»Ich kann mit Sicherheit sagen, dass das jetzt rückwärts abgelaufen ist«, sagte der Richter.
»Warum?«
»Ganz einfach. Diesmal sind sie von oben und unten gekommen. Das erste Mal ...«
»Aber in welcher Richtung war es der *wirkliche* Ablauf?«
»Hm?«
»Was hindert zwei Atome daran, dass sie von oben und unten ins Blickfeld kommen und nach den Seiten hin verschwinden? Müssen sie denn *immer* von rechts und links kommen?«, fragte sie.
»Nein. Sie *müssen* nicht«, stimmte der Richter zu.
»Wenn ich Ihnen also weismachen würde, ich hätte in Wirklichkeit die Rückwärtsversion *an erster Stelle* und die richtige Version *an zweiter Stelle* vorgeführt – würden Sie es merken?«, fragte sie herausfordernd.
»Nun ... ich glaube nicht ...«
»Genau das habe ich nämlich getan!«
Er sah sie finster an. »Hören Sie, was hat denn das damit zu tun?«

»Ich will Ihnen nur klarmachen, dass das alles ist, was Atome überhaupt tun: Sie schwingen hin und her und prallen aufeinander. Das ist alles, was in diesem Schwimmbad vor sich geht.«

»Und?«

»Schwingende und aufeinander prallende Atome – Sie können nicht feststellen, in welcher Richtung das Video ablaufen muss, nicht wahr? Es sieht immer richtig aus. Wie kommt es dann, dass man aus vielen aneinander hängenden Einzelheiten – von denen keine die korrekte Zeitrichtung angibt – schließlich ein ganzes Video hat, auf dem ganz klar zu sehen ist, in welcher Richtung die Zeit ablaufen muss?«

Der Richter war sprachlos.

»Das ganze Video wirkt in der einen Richtung stimmig«, fuhr sie fort. »In der anderen sieht es ... wie haben Sie es genannt? ... sieht es ›lächerlich‹ aus. War das Ihr Ausdruck?«

»Ich kapier das nicht!«, rief er.

»Und noch etwas«, sagte Physis. »Der umgekehrte Ablauf eines Videos zeigt etwas, was durchaus geschehen *kann* – es ist nicht unmöglich. Es *kann* nicht unmöglich sein.«

»Das Mädchen, das aus dem Wasser kommt, Füße voran – und auf dem Sprungbrett landet?«, spottete der Richter. »*Das* ist unmöglich. Das kann nicht geschehen.«

»O doch«, versicherte sie. »Es *muss* geschehen können. Wir haben schon einmal festgestellt, alles besteht aus Atomen und Atome machen immer nur solche Bewegungen, die in jeder Richtung ablaufen können. Wenn

also die Atome ein Mädchen von einem Brett ins Wasser springen lassen, ist es doch einleuchtend, dass man durch einfache Umkehrung jeder einzelnen Atombewegung ein Mädchen bekommt, das aus dem Wasser hochschießt und auf dem Sprungbrett landet.«
»Aber WIE?«, rief der Richter mit dröhnender Stimme.
»Ganz einfach«, sagte Physis mit einem Lachen. »Die Atome im Wasser schwingen und bewegen sich die ganze Zeit. Sie bewegen sich in alle Richtungen, so dass sich ihre Bewegungen im Durchschnitt aufheben. Aber angenommen – nur mal angenommen –, es käme zu einem phantastischen Zusammentreffen: sämtliche Atome würden sich zufällig einen winzigen Augenblick lang zusammen aufwärts bewegen – sie würden sich alle zur gleichen Zeit in die gleiche Richtung bewegen. Und wieder wäre – nur angenommen – genau an dieser Stelle ein Mädchen im Wasser. Es würde von der Kraft des Wassers nach oben geschleudert. Und könnte auf dem Brett ankommen.«
»Ha!«, schnaubte der Richter. »Und wie hoch sind die Chancen?«
»Ich weiß nicht. Eins zu Billionen mal Billionen mal Billionen dagegen«, sagte Physis. »Hat sicher nicht viel Zweck, dass man darauf wartet.«
»Sehen Sie«, sagte der Richter selbstgefällig. »Was habe ich gesagt: Es ist unmöglich.«
»Aber nein«, wiederholte sie. »Es ist unwahrscheinlich, ja. *Sehr, sehr, sehr* unwahrscheinlich, zugegeben. Aber es ist nicht unmöglich. Das ist wichtig. Es ist nicht unmöglich. Es kann nicht unmöglich sein.«

So kam es, dass der Richter und Physis die nächsten 100 Abende damit verbrachten, sich Videos anzuschauen. (Wir haben ja schon vermerkt, dass er von Videos begeistert war!) Sie spielten sie vorwärts und rückwärts ab. Sie diskutierten stundenlang darüber, wie die umgekehrte Reihenfolge ablaufen könnte. Jede neue Episode bot neue Herausforderungen – angefangen bei Tassen, die gerade herunterfielen und zerbrachen, bis zu Babys, die gerade geboren wurden. Doch immer kamen Physis und der Richter zu einer theoretischen Lösung, wie die umgekehrte Reihenfolge tatsächlich möglich wäre – nicht *wahrscheinlich*, aber *möglich*.

Am *468sten* Abend wies Physis den Richter auf ein weiteres erstaunliches Merkmal von Zeit hin: »Wir haben schon gesehen, wie Geschwindigkeit Zeit beeinflussen kann«, sagte sie. »Gravitation hat ebenfalls eine Wirkung.«

»Gravitation?!«, rief der Richter. »Gravitation beeinflusst *Zeit*?«

»O ja. Die Zeit im obersten Stockwerk eines Gebäudes vergeht schneller als die im Parterre. Das liegt an der Schwerkraft.«

»Du meine Güte! Warum hat mir das keiner gesagt?«, rief der Richter. »Sie meinen, ich hätte jeden Morgen meine Uhr neu stellen müssen? Immer wenn ich nach unten gekommen bin?« Prüfend sah er auf seine Uhr und verglich sie mit der Uhr auf dem Kaminsims. »Sie scheinen ganz in Ordnung . . .«

»Kein Grund zur Sorge«, sagte Physis kichernd. »Der

Einfluss ist zu gering, als dass man sich damit abgeben müsste. Zumindest hier auf der Erde ist er gering. Draußen im Raum – das ist etwas anderes. In der Nähe eines schwarzen Lochs... Wow! Da sind die Auswirkungen ganz enorm. Am Rand eines schwarzen Lochs, wo die Gravitation sehr, sehr stark ist, kann es zu einem völligen Stillstand der Zeit kommen.«
An etlichen Abenden wurde nun untersucht, wie sich Gravitation auf Zeit auswirkt.

Dann, am *481sten* Abend, kam der Richter noch einmal auf die Vorstellung der 4-D-Raumzeit zurück, insbesondere auf die Tatsache, dass sich in der Raumzeit nie etwas ändert – da die Zeit Teil der Raumzeit selbst ist.
»Aber es scheint *doch* etwas zu geschehen. Es ändert sich doch etwas«, sagte er. »Die Zeit schreitet voran. Die Vergangenheit liegt hinter uns, die Zukunft kommt erst noch. Die Vergangenheit ist aus und vorbei, man kann nichts mehr daran ändern. Die Zukunft? Sie ist ungewiss. Da gibt es immer noch eine Chance, sie zu planen. Wie passt das zu dem, was Sie vorhin gesagt haben – dass alles unveränderlich ist? Dass immer die ganze Zeit existiert, nicht nur der gegenwärtige Augenblick?«
Physis antwortete, das sei etwas, das keiner wirklich verstehe. Es sei eins der größten Rätsel dieser Welt.
Und während sie sich weiter mit der einen und anderen Vorstellung von Zeit befassten, lief die Zeit selbst weiter: Ein Tag folgte dem anderen...

Zauberei! Die reinste Zauberei!

Piep! Piep! ... Piep! Piep!

»Ich will Sie ja nicht belästigen, Sir«, sagte Fred. »Ich weiß, dass es Ihnen egal ist, wenn meine Frau und die Kinder am Verhungern sind. Und dass ich keine Überstunden mehr machen kann und dann auf halben Lohn gesetzt worden bin und jetzt eine Abfindung kriege. Ganz richtig – sie wollen mich an die Luft setzen! Aber klar, für solche Sachen interessieren Sie sich natürlich nicht – wo Sie doch über so viel *Wichtigeres* nachzudenken haben.« Fred war offenbar tief beleidigt. »Aber eins gibt's, das Sie möglicherweise doch wissen wollen: der Zustand, in dem der Schlürfott ist. Ich habe Sie gewarnt! Oder habe ich Ihnen etwa nicht gesagt, dass er in Betrieb bleiben muss? Es ist ganz schädlich für Entsorgungsanlagen, wenn sie unbenutzt rumstehen. Aber was ist? Habe ich Arbeit von Ihnen bekommen? Nichts. Nicht einen Stern, nicht einen Planeten – nicht so viel wie das Schwarze unterm Fingernagel. Was mache ich also? Was *kann* ich schon machen? Ich muss ihn stilllegen, oder? Und jetzt – was habe ich Ihnen gesagt! Rost! Ganz recht – ROST auf meinem Schlürfott! Also, ich will's schriftlich, dass ich Sie gewarnt habe. Ich habe Sie wirklich ...«

Der Richter beachtete Freds Anrufe längst nicht mehr. Im Lauf der Monate hatte er sich immer stärker von Physis' Erzählungen verzaubern lassen. Und ganz langsam kam er zu dem Gedanken, dass er noch nie auf ein merkwürdigeres, faszinierenderes Universum gestoßen war.

Am *575sten* Abend rollten sie ihr Gespräch über Raum und Zeit noch einmal auf.

»Sagen Sie – habe ich das richtig verstanden?«, fing der Richter an. »Raum ist eine Art Arena, ja? Eine *Bühne*, auf der alles stattfindet. Die *Schauspieler* auf dieser Bühne? Das sind die Teilchen – Elektronen und Quarks. *Und* Wellen – wir dürfen die Lichtwellen nicht vergessen. Wir haben also Teilchen und Wellen, die sich in Raum und Zeit bewegen. Nur dass Raum und Zeit nicht zwei verschiedene Dinge sind, sie gehören in Wirklichkeit zu einer 4-D-Raumzeit.«

»Ja-a«, antwortete Physis unbestimmt. »Ja und nein.«

»Oh? Habe ich etwas vergessen?«

»Nicht direkt. Aber so einfach ist es nun auch wieder nicht.«

»Warum nicht?«, fragte der Richter mit neuem Interesse.

»Sehen Sie, Sie haben da von Teilchen und Wellen gesprochen, als ob es unterschiedliche Dinge sind.«

»Na, sie sind doch auch unterschiedlich! Sie können gar nicht unterschiedlicher sein. Denken Sie nur an die Teilchen, besonders an die, die gar keine Ausdehnung haben! Sie haben gesagt, sie sind punktförmig, erinnern Sie sich? Nun versuchen Sie mal, eine Welle daraus zu machen: erst einen Berg, dann ein Tal, dann wieder einen Berg, dann wieder ein Tal. Wellen breiten sich doch aus – sie müssen sich ausbreiten, sie können nicht in einen Punkt zusammengedrückt werden.«

»Ja, das stimmt ...« Sie zögerte und schüttelte den Kopf.

»Was ist?«, fragte der Richter.

Sie überlegte einen Augenblick.

»Nehmen Sie zum Beispiel das Licht, das in mein Auge fällt«, sagte sie. »Es geht durch die Linse vorne im Auge. Dann trifft es auf den Augenhintergrund, auf die *Netzhaut*, wie wir sie nennen. Können Sie sich vorstellen, wie es ist, wenn man als Netzhaut von Licht getroffen wird?«

Der Richter zog die Schultern hoch. »Nein. Ich könnte mir höchstens vorstellen ... man kommt bei jedem Berg und jeder Welle ins Schwanken.«

»Klingt einleuchtend.«

»Sehen Sie.«

»Aber so ist es nicht«, sagte Physis. »Wenn Wissenschaftler das Experiment tatsächlich machen, um herauszufinden, wie es ist, wenn man von Licht getroffen wird, stellen sie fest: Es ist, als ob man von einem Kugelhagel getroffen wird ... «

»Kugelhagel?«

»Ja, genau: winzige Kugeln. Geschützfeuer.«

»Bringen Sie da nicht etwas leicht durcheinander?«, fragte der Richter mit einem Lächeln. »Wir sprechen von *Licht*, nicht von Elektronen. Licht besteht aus Wellen und nicht aus Teilchen.«

»Ja, ich habe es nicht vergessen«, versicherte Physis.

»Wenn Licht an die Netzhaut kommt und seine Energie abgibt, benimmt es sich wie ein Teilchen. Es liefert ein kleines Energiepaket ab, und zwar an ein Elektron, das zu einem Atom der Netzhaut gehört. Dieses eine Elektron bekommt die Energie. Die Elektronen daneben bekommen nichts. Das wäre bei einer Welle ganz und gar nicht so. Bei einer Welle würden alle Elektronen, die zur Netzhaut gehören, in Bewegung geraten – auf und ab und auf und ab. Sie würden alle ein bisschen Energie abbekommen, wie Sie vorhin gesagt haben. Aber so ist es nicht.«

Der Richter sah verdrossen aus. »Also war alles *falsch*, was Sie mir vor – wann immer es war, vor Ewigkeiten – erzählt haben? Dass Licht eine Welle ist? Hm? Wollen Sie das sagen? Falls Sie das nämlich ...«

»Nein, nein«, unterbrach Physis ihn hastig. »Es ist nicht falsch. Nein, alles, was ich damals gesagt habe, war korrekt. Ich nehme nichts zurück. Licht verhält sich wie eine Welle – *auf dem Weg zur Netzhaut.* Wenn es durch meine Brille geht, ändert es seine Richtung, wie man es von einer Welle erwartet. Wäre es eine Polaroid-Sonnenbrille, würde der grelle Lichtschein gedämpft – wie man es von einer Welle erwartet. Polaroidbrillen würden nicht funktionieren, wenn Licht keine Welle wäre. Und wenn das Licht in der Augenlinse die Richtung ändert, ist das wieder Wellenverhalten. Während seiner ganzen Reise durch den Raum und durch Gegenstände hindurch verhält sich also das Licht so, wie sich nur eine Welle verhalten kann. Und doch schaltet es, wenn es schließlich sein Ziel erreicht – im allerletzten Moment –, auf Teilchenverhalten um.«

Der Richter schüttelte den Kopf. Er war wie benommen. »Tut mir Leid, damit kann ich aber auch überhaupt nichts anfangen! Wovon reden Sie eigentlich? Entweder ist etwas ausgebreitet (wie eine Welle) oder es ist nicht ausgebreitet (wie ein Teilchen). Beides gleichzeitig ist unmöglich. Punktum.«

Physis lächelte. »Wäre es nur so«, sagte sie seufzend. »Ich kann mir gut vorstellen, wie Ihnen zumute ist. Es ist nicht leicht. Niemand findet es leicht. Aber es stimmt. Es ist so. Irrtum ausgeschlossen. Ich finde es zum Verrücktwerden, besonders, wenn ich es erklären soll. Es gibt keine Erklärung – keine richtige. Es ist eben einfach so: Wenn Licht durch den Raum fliegt, verhält es sich wie eine Welle, doch wenn es ankommt, verhält es sich wie ein Teilchen.«

»Also, ich weiß nicht«, sagte der Richter niedergeschlagen. »Mir scheint, das ist das Verrückteste, was Sie mir je von Ihrer Welt erzählt haben.«

Sie nickte zustimmend.

»Wahrscheinlich müssen wir noch froh sein, dass nur Licht solche Faxen macht«, sagte der Richter.

»Ah ... das ist nicht ganz so«, sagte Physis. »Eigentlich – ist es überhaupt nicht so. Wissen Sie, dieses Doppelverhalten Welle/Teilchen kommt nicht nur bei Licht vor.«

Der Richter stöhnte.

»Nein«, fuhr sie fort. »Bei Elektronen ist es genauso.«

»Was?«, explodierte der Richter. »Elektronen? Wieso Elektronen? Sie wollen mir doch wohl nicht erzählen, dass es gar keine Teilchen sind?«

»Äh ... nein, nein. Es *sind* Teilchen – zeitweise.«

»*Zeitweise?*«
»Ja.«
»*Wann* genau sind es Teilchen?«
»Es ist so wie mit Licht: Wenn sie auf etwas treffen, wenn sie ihre Energie abgeben, dann sind es Teilchen. In einer Bildröhre etwa. Ja. Wenn die Elektronen durch die Bildröhre zum Bildschirm wandern, bewegen sie sich wie Wellen. Aber in dem Moment, wo sie auf dem Bildschirm auftreffen, verhalten sie sich wie Teilchen.«
»Aber wenn Licht und – wie Sie jetzt sagen – auch Elektronen sowohl eine Wellen- wie eine Teilchennatur haben, warum haben Sie mir dann erklärt, Licht ist eine Welle und Elektronen sind Teilchen?«
»So haben sie sich eben zufällig zuerst dargestellt. Die Wissenschaftler sind zuerst auf das Wellenverhalten von Licht gekommen, deshalb nannten sie es Welle. Mit den Elektronen war es umgekehrt, da wurde zuerst das Teilchenverhalten entdeckt. Aber heutzutage«, sagte sie schulterzuckend, »wissen wir es besser. Licht, Elektronen – genau genommen alles – muss als Welle *und* als Teilchen betrachtet werden. Gleichermaßen.«
»*Alles?* Habe ich richtig gehört? Nicht nur ...«
»Leider nicht«, sagte sie fröhlich. »Es muss alles gleich behandelt werden: Licht, Elektronen, Quarks, Neutronen, Protonen, der Atomkern, das Atom selbst.«
Langsam schüttelte der Richter den Kopf. Es war ihm anzusehen, dass er nicht im Geringsten überzeugt war.

So kam es, dass Physis während der nächsten Abende ein Experiment nach dem anderen machte, um ihm die Auswirkungen des Welle-Teilchen-Verhaltens zu zeigen. Endlich, am *600sten* Abend, erklärte er: »Also gut, also gut. Ich gebe mich geschlagen. Aber Sie müssen schon zugeben«, ergänzte er trotzig, »es ist ein rechtes Durcheinander, ein ausgemachter Pfusch! Wenn ich je Pfusch erlebt habe, dann das.«
»Nichts dergleichen!«, verteidigte sich Physis tapfer. »Gäbe es diesen Welle/Teilchen-Doppelcharakter nicht, wäre die Welt längst nicht so interessant. Genau diese Welle/Teilchen-Geschichte ist es ja, die unser Universum so viel interessanter macht als jedes einzelne Ihrer anderen, läppischen Universen.«
»Ha!«
»Und ich kann es beweisen!«
»Dann mal los!«, forderte er sie auf.
»Gut ... Also, dann ...« Sie dachte angestrengt nach.
»Ich warte«, sagte er und trommelte mit den Fingern.
»Es ist schwierig, den richtigen Anfang zu finden.«
»Kann ich mir vorstellen.«
Eine Pause entstand. Plötzlich verkündete sie: »Atome nützen sich nie ab!«
»Atome *was*?«
»Sie nützen sich nie ab. Die Atome hier in allen diesen Gegenständen um uns sind schon Milliarden von Jahren da, aber sie haben sich in der ganzen Zeit nicht verändert – nicht ein bisschen, sie sind so gut wie neu. Während der ganzen Zeit schwirren die Elektronen um ihre Atomkerne herum und sie sind nicht im Geringsten müde.«

»Aber ein bisschen langsamer müssen sie ja wohl geworden sein. *Alles* erschöpft sich doch schließlich«, protestierte der Richter.

»Nein. Atome nicht. Diese Atome hier«, sagte sie und klopfte auf den Tisch, »sind exakt so wie an dem Tag, an dem sie entstanden sind.«

»Wie ist denn das möglich?«

»Ach, Sie wollen wohl hinter ihr Geheimnis kommen? Das Geheimnis ewiger Jugend?«, neckte sie ihn. »Ich will es Ihnen verraten: Es kommt von der Wellennatur der Elektronen.«

»Was hat denn das damit zu tun?«, knurrte er.

»Mal überlegen«, sagte Physis. »Wir sprechen jetzt von umherschwirrenden Elektronen. Sie treffen nirgendwo auf, sie geben nirgendwo ihre Energie ab, sie schwirren nur umher. Wie sollen wir uns das Elektron also vorstellen? Verhält es sich als Welle oder als Teilchen?«

»Wie soll ich das wissen?«

»Versuchen Sie's mal«, drängte sie.

»Hören Sie auf, mich wie ein Kind zu behandeln!«, warnte er. Dann zog er die Schultern hoch. »Ich weiß es nicht. Ich denke ... also, ich könnte mir vorstellen, da es nirgendwo auftrifft – und immer, wenn es irgendwo auftrifft, verhält es sich ja als Teilchen –, dass es sich als Welle ...? Ist es in diesem Fall eine Welle? Es bewegt sich durch den Raum und immer um den Atomkern herum. Es bewegt sich als Welle? Ja?«

»Ja, das stimmt. Eine Welle. Aber keine gewöhnliche Welle, sondern eine *gefangene* Welle.«

»Eine gefangene? Was ...?«

»Das Elektron muss dicht beim Atomkern bleiben. Die Kraft zwischen den elektrischen Ladungen hält es dort fest. Das heißt also, die Welle kann nicht fort. Ihre Bewegungsfreiheit ist auf einen kleinen Teil des Raums um den Atomkern beschränkt.«

»Und?«

»Wenn Wellen gefangen sind, können sie nur auf eine bestimmte Art schwingen: Zwischen ihren Bergen und Tälern muss es einen bestimmten, festgelegten Abstand geben – die Wellenlänge kann nicht beliebig groß sein.«

Der Richter machte ein verblüfftes Gesicht.

»Also, ich meine ... Nehmen wir mal eine Gitarre: Wellen auf einer Gitarrensaite. Sie zupfen die Saite, was passiert? Wellen. Sie bekommen Wellen, die sich auf der Saite entlangbewegen. Aber sie sind gefangen: über die Stelle, an der die Saite befestigt ist, kommen sie nicht hinaus. Sie schwingen nur vor und zurück. Aber es können nicht beliebige Wellen sein. Die Enden der Saite können sich nicht auf und ab bewegen. Und das bedeutet, die Welle muss sich anpassen. Das ist der Punkt: Sie muss sich *anpassen*. Es muss zwischen den Bergen und Tälern der Welle einen bestimmten Abstand geben, der dem Abstand zwischen den Enden der Saite entspricht. Und das wiederum bestimmt den klingenden Ton – den Ton, den die Gitarre hervorbringt. Es muss genau dieser eine Ton sein.«

»Aber auf Gitarren kann man jeden Ton spielen, den man will«, sagte der Richter verwirrt.

»Natürlich. Man kann verschiedene Töne darauf spielen. Aber um die Tonhöhe zu ändern, muss man die Entfernung zwischen den Bergen und Tälern ändern. Man bewegt die Finger und drückt die Saite an einer anderen Stelle nieder.«

»Aber was hat das mit Atomen zu tun?«

»Ich komme gleich darauf«, sagte sie lächelnd. »Die Wellen auf der Gitarrensaite bestimmen den klingenden Ton. Die Wellen, die zu Elektronen gehören, bestimmen die *Energie* des Elektrons.«

»Wie denn?«

»Wie?«, wiederholte Physis. »Keine Ahnung. Es ist... das ist eben einfach so.«

»Aha.«

»Jedenfalls wollte ich sagen: Genau, wie man auf einer Gitarrensaite nicht jeden beliebigen Ton erklingen lassen kann, kann ein Elektron in einem Atom nicht jede beliebige Energie annehmen.«

»Warum nicht?«

»Nun, man hat nur ganz bestimmte Wellen – weil sie gefangen sind –, ganz bestimmte erlaubte Wellenlängen. Es ist aber gerade die Wellenlänge, die die Energie der Elektronen bestimmt. Also: nur ganz bestimmte Wellenlängen – nur ganz bestimmte Energien.«

Der Richter nickte. »Ich verstehe. Wie merkwürdig. Man sollte glauben, ein Elektron könnte jede Energie haben, die es will. Aber das ist gar nicht so, sagen Sie?«

»Nein. Es ist alles in Experimenten nachgewiesen.«

»Hmm. Aber sagen Sie – was hat das damit zu tun, dass sich Atome nie abnützen?«

»Ach ja. Das ist eine interessante Sache. Was meinen wir bei einem Atom mit ›abnützen‹? Wir meinen doch, die Energie des Elektrons nimmt allmählich ab, nicht wahr?«
Der Richter war einverstanden.
»Aber die Energie des Elektrons *kann* nicht allmählich abnehmen«, sagte sie. »Dazu müsste es seine gegenwärtige Energie – die gerade so hoch ist wie von der Welle erlaubt – in eine etwas geringere umwandeln – die *nicht* von der Welle erlaubt ist. Und weil es von der Welle nicht erlaubt ist, *ist es nicht möglich*! Deshalb können sich Atome nicht abnützen«, schloss sie begeistert.
»Oh«, sagte der Richter überrascht. Er dachte einen Augenblick darüber nach, dann nickte er bedächtig. »Das gefällt mir. Doch. Äußerst raffiniert.«
Physis strahlte. Die nächsten Monate über schilderte sie dem Richter viele weitere seltsame Eigenschaften von Atomen, die sich aus der Wellennatur ihrer Elektronen ergeben: die Farbe des Lichts, das sie ausstrahlen (zum Beispiel, warum manche Straßenlampen erst in gedämpftem Rot glühen, wenn sie angeschaltet werden, und dann in leuchtendes Gelb übergehen); warum Atome sich verbinden können, um ganz bestimmte Chemikalien – und keine anderen – zu bilden; wie Elektronen, die sich schon in einem Atom befinden, andere Elektronen daran hindern, sich ihrem eigenen Atom anzuschließen; warum das bedeutet, dass es in der Natur nur 92 Grundarten von Atomen gibt usw.

Der *685ste* Abend: Physis erklärte dem Richter, dass zu den verschiedenen Möglichkeiten von Energie, die ein Elektron in einem Atom haben kann, niemals Null gehört. Ein gefangenes Elektron muss immer in Bewegung sein!

»Und zwar nicht nur, wenn das Elektron in einem Atom ist. Stecken Sie ein Elektron in eine Schachtel wie die hier«, sagte sie und nahm die Streichholzschachtel, die der Richter immer benutzte, wenn er sich die Pfeife ansteckte. »Es könnte sich ganz einfach nicht still verhalten. Es wäre total zappelig.«

»Aber wenn man es ganz, ganz vorsichtig hineinlegt? So, dass es gleich von Anfang an still liegt?«, schlug der Richter vor.

»Nein. Es geht nicht«, behauptete sie.

»Aber warum nicht?«

»Wegen seiner Wellennatur. Stecken Sie ein Elektron in die Schachtel und Sie haben eine Welle darin. Und ist die Welle in der Schachtel gefangen, sind nur bestimmte Abstände zwischen Bergen und Tälern erlaubt und das heißt: Es sind nur bestimmte Energien möglich – aber nicht Null.«

»Wie seltsam.«

»Und das ist nicht nur bei Elektronen so. Bei allem, was gefangen ist – Quarks, Protonen, Atome, Streichhölzer . . .«

Der Richter fing leise an zu lachen.

»Was ist?«, fragte sie.

»Sie haben *Streichhölzer* gesagt!« Er deutete auf die Streichholzschachtel.

»Das ist richtig. Streichhölzer. *Alles* hat eine Wellennatur – Streichhölzer, Sie, ich. Alles besteht aus Atomen und Atome haben eine Wellennatur. Also muss alles, was von Atomen gebildet wird, ebenfalls eine Wellennatur haben. Nehmen Sie z. B. die Streichhölzer hier. Liegen sie einfach in der Schachtel und tun nichts? Nein. Das kann nicht sein. Die Wellen der Streichhölzer sind ja in der Schachtel gefangen und das heißt, die Streichhölzer können nicht null Energie haben.«

»Sie haben also auch das große Zappeln?«, fragte der Richter.

»Genau«, sagte sie. »Und Sie und ich auch.«

»Was ist mit Ihnen und mit mir?«, fragte er argwöhnisch.

»Auch wir haben unsere Wellen. Und wir sind gefangen.« Sie zeigte auf die Wände ringsum. »Und das bedeutet, auch wir können nicht absolut still sitzen.«

»Auch nicht die Kinder in Ihrer Klasse, möchte ich behaupten.«

Sie lachten. Aber ihr Spaß dauerte nicht lange.

Plötzlich: ein ohrenbetäubender Knall. Putz löste sich von der Decke, Staub wirbelte auf. Die Lichter gingen aus. Kreischen und Schreien drang aus dem anderen Raum herüber.

»Schnell«, befahl der Richter. »Ich weiß nicht, was das war, aber wir müssen hier raus. Hier lang. Halten Sie sich an mir fest.«

Zusammen tasteten sie sich zur Tür vor, dann den Gang hinunter und durch den Ausgang ins Freie. In Panik stürzten die Leute aus ihren Häusern.

»Eine Bombe!«, schrie jemand. »Das war eine Bombe!«

Auf dem Dorfplatz versammelten sich alle. Kinder

erschienen in Schlafanzügen und Nachthemden. Ein Notarztwagen tauchte auf, Sirenen heulten. Aber niemand schien ernstlich verletzt, nur verschreckt und verstört.
Nach einer Weile, als es so aussah, als würde es keine weiteren Explosionen mehr geben, senkte sich allmählich Stille über die kleine Versammlung.
Jemand zupfte an Physis' Kleid. »Was war denn das, Miss?« Sarah aus der Schule stand neben Physis und zeigte zum Himmel.
»Der Knall?«, fragte Physis. »Ich weiß nicht. Es könnte . . .«
»Nicht der Knall, Miss. Ich meine den weißen Strich da oben. Der vorhin da war. Jetzt ist er nicht mehr . . . doch, *da* ist er . . . da drüben jetzt . . .«
Eine Sternschnuppe schoss über den Himmel, noch eine und noch eine. Dann mehrere gleichzeitig . . . dann Dutzende . . . dann Hunderte. Der Himmel war wie von einem Feuerwerk erleuchtet. Das war das erste Signal, dass dieser Vorfall nicht allein auf Bumbledon beschränkt war.
In den nächsten Tagen kamen Meldungen aus aller Welt über Erdbeben und Sturmfluten in noch nie erlebtem Ausmaß. Der Grand Canyon war breiter und tiefer geworden: Er war nicht mehr 1,5 Kilometer tief und 15 Kilometer breit, er war jetzt 15 Kilometer tief und 150 Kilometer breit. Astronomen beobachteten, dass manche Himmelskörper ihre Bahn geändert hatten (das erklärte das ungewöhnliche Aufkommen von Sternschnuppen). Vom Saturn hatten sich fünf Ringe gelöst und trieben aneinander hängend wie ein

gewaltiges Olympiasymbol durch den Raum. Merkur, der sonnennächste Planet, war in die Sonne gestürzt – er war einfach nicht mehr vorhanden. Das verursachte eine gewaltige Explosion auf der Sonne, was wiederum schwere elektrische Störungen auf der Erde zur Folge hatte. Dadurch wurde der Fernsehempfang so sehr beeinträchtigt, dass die gesamte Bevölkerung des Vereinigten Königreiches von Großbritannien eine Folge von ›Raumschiff Enterprise‹ verpasste. Spätestens jetzt kapierten die Leute: Was immer da passiert sein mochte – es war ernst.

»Sagen Sie mal, Physis, kommt so etwas oft vor?«, fragte der Richter.

Physis antwortete nicht.

»Nun?«, drängte er.

»Das wissen Sie doch ganz genau!«, brauste sie auf.

Ihre Reaktion bestürzte ihn.

»Bitte? Ich verstehe nicht, warum soll ich ...«

»Sie bezeichnen das ja wohl als ›Test‹?«, fragte sie kühl.

»Als Test? Was für ein ... Test?«

»Für den E-Day vielleicht?«

»Für ...?« Dem Richter blieb der Mund offen stehen. »Meine Liebe, Sie glauben doch wohl nicht ...«

»Was soll ich sonst glauben?«

Der Richter strich sich nachdenklich über das Kinn. Plötzlich kam ihm ein Gedanke. Er zog das Videofon hervor.

»Fred«, rief er. »Bist du dran, Fred?«

»Ja«, meldete sich Fred mürrisch.

»Bist du das vielleicht gewesen?«

»Was soll ich gewesen sein?«

»Ich nehme an, du weißt, wovon ich spreche!«
»Keine Ahnung ...«
»Der Schlürfott«, sagte der Richter streng. »Hast du in letzter Zeit irgend etwas am Schlürfott gemacht?«
»Was denken Sie? Sagen Sie mir doch mal, was es zur Zeit am Schlürfott zu tun gibt? Nichts! Und so geht das schon seit ... wie lange eigentlich ...?«
»Schon gut, schon gut, tut mir leid, Fred«, entschuldigte sich der Richter. »Nur ... also, hier unten hat es eine kleine Störung gegeben ...«
»Eine verfluchte Schande, wenn Sie mich fragen«, knurrte Fred. »Ich hab's Ihnen ja schon gesagt – das mit dem Rost. Immer wieder versuche ich ihn abzuschleifen, aber es ist aussichtslos. Demnächst wird das ganze Ding auseinanderbrechen, denke ich. Und was wird dann ...?«
»Abschleifen hast du gesagt? Du hast den Schlürfott abgeschliffen?«, fragte der Richter und seine Augen wurden schmal.
»Natürlich hab ich den Rost abgeschliffen. Das tu ich doch immer! Wie denken Sie denn, dass ...«
»Bist du dabei vielleicht zufällig an den Knopf gekommen?«, fragte der Richter eindringlich.
»Knopf? An welchen Knopf?«
»An DEN KNOPF! Was sind denn sonst noch für Knöpfe da?«
»Ach *der*. Also, ich glaube nicht ... höchstens ...«
»Ja?«, drängte der Richter.
»Äh ... also ...«
Auf dem kleinen Bildschirm sah Physis, dass Fred rot

wurde und dass er allmählich ein wenig schuldbewusst aussah – wenn auch nur ganz leicht.
»Ja … also … es könnte … vielleicht …«
»Was?«
»Also … äh … es war … es war der Rost, Sir. War nämlich alles ziemlich verrostet … der Knopf auch …«
»Wie oft habe ich dir schon gesagt: KOMM NICHT AN DEN KNOPF, FRED! Nicht ohne meine Erlaubnis – und *schon gar nicht, solange ich noch HIER bin!*«

Unnötig zu erwähnen, dass die vielen Katastrophen auf der Welt – ganz zu schweigen von den ungewöhnlichen Ereignissen, die im Kosmos vor sich gingen – die drohende Gefahr des E-Days wieder einmal in die Nachrichten brachten. Aber nicht für lange. Nach ein paar Tagen war alles wieder beim Alten: Popstars, Fußball, Quizsendungen usw. Physis beobachtete das alles mit Befremden. Wie können die Leute nur so dumm sein?, dachte sie. Da verkleistern sie sich das Leben mit solchen Albernheiten und dabei kann jeden Moment … ich hätte gute Lust zu … Aber dann stockte sie. Es war der *707te* Abend und der Richter hatte sie wieder einmal zu sich bestellt. Sie dachte an die Kinder in ihrer Schule. Sie spürte, dass sie – allein schon wegen der Kinder – jetzt nicht aufgeben durfte. Sie musste weitermachen und Zeit gewinnen.
»Ah, Physis«, begrüßte der Richter sie erwartungsvoll, als sie kam. »Es tut mir Leid wegen der ganzen … äh … Sie wissen schon. Wir haben damit ja nun leider ein bisschen Zeit verloren. Aber egal. Ich bin über-

zeugt, Sie können ein paar besonders interessante ›Geheimnisse‹ zusammenfassen, damit wir den Zeitverlust wieder wettmachen. Aber vorher ...«

Er blätterte in seinen Papieren herum und zog einen Brief heraus. »Wissen Sie etwas davon?«, fragte er mit einem halben Lächeln.

Sie nahm den Brief und las:

Lieber Mr. Richter!

Miss Physis sagt, der Knall war nur ein Unfall. Aber sie hat uns von Fred erzählt. Ich finde, Fred ist ganz schön frech. Er hat Nutmeg erschreckt! Man müsste mal so richtig mit ihm schimpfen. Wenn ich frech bin, schimpft meine Mama mit mir.

Grüße und Küsse von
Rebecca

PS: Nutmeg ist meine Katze. Sie ist braun.

»Sie dürfen es ihr nicht übel nehmen«, sagte Physis, als sie ihm den Brief zurückgab. »Sie haben wirklich Angst ausgestanden an dem Tag.«

»Ja, ja, ich weiß«, sagte er. »Hier, sorgen Sie dafür, dass sie das bekommt, ja? Dann klebe ich gar nicht erst eine Briefmarke darauf.« Er gab ihr einen Umschlag. »Es ist nur so etwas wie... eine kleine Entschuldigung«, brummte er.

»Oh, Sie hätten sich doch keine solchen Umstände ...«

»Und warum nicht?«, sagte er und steckte sich seine Pfeife an. »Nun denn, was steht heute auf der Tagesordnung?«

Physis schob den Brief des Richters in ihre Tasche und

überlegte einen Augenblick. »Also … die Wellen, über die wir das letzte Mal gesprochen haben …«
»Hach, nicht das!«, unterbrach der Richter. »Wir sind doch fertig damit. Können wir nichts anderes durchnehmen?«
»*Fertig?*«, rief Physis entgeistert. »Wir haben kaum angefangen! Ich habe Ihnen noch nicht mal andeutungsweise verraten, was das Erstaunlichste an Wellen ist!«
»Wirklich nicht? Aber die ganze Sache mit der Energie …«
»Vergessen Sie's. Das ist gar nichts«, sagte sie. »Hören Sie nur, was ich Ihnen jetzt erzähle …«
Und damit fing sie an, ihm die wahre Natur der Wellen zu erklären. Erst erinnerte sie ihn daran, dass das Wellenverhalten sich zeigt, wenn sich Licht (oder Elektronen oder was immer) von einem Ort zum anderen bewegt. Mit anderen Worten: Das Wellenverhalten bestimmt, wo das Licht ankommt – wo es auftrifft –, auf der Netzhaut des Auges zum Beispiel. Es geht darum, die Bahn der Wellen vom Ausgangspunkt an zu verfolgen, wie sie dann durch die Augenlinse gehen und schließlich auf die Netzhaut treffen. Aber so einfach ist das nicht, erklärte sie. Das Problem ist, dass Wellen – ihrer Natur entsprechend – ausgebreitet sind. Das heißt, sie kommen nicht an einem einzigen Punkt auf der Netzhaut an, sie erzeugen einen verschwommenen Fleck.
»Und? Wo liegt das Problem?«, fragte der Richter.
»Das Problem ist: Wo genau geben die Teilchen des Lichts ihre Energie ab?«

Der Richter zog die Schultern hoch. »In dem verschwommenen Lichtfleck, nehme ich an.«
»O. k. Wenn man viele Teilchen hat, die ihre Energie abgeben – was normalerweise der Fall ist –, dann ja, dann werden, über den ganzen verschwommenen Fleck verteilt, nadelspitze Energiepakete abgegeben. Wenn aber der Lichtstrahl sehr schwach ist? Angenommen, er hat nur die Energie für *ein* Energiepaket – für *ein* Teilchen. Wo wird dieses eine Teilchen auftreffen?«
Der Richter paffte. »Hmmm. Ich glaube, es breitet sich aus, oder? Es breitet sich über den verschwommenen Fleck aus.«
»Nein«, sagte Physis. »Wenn Licht irgendwo auftrifft, *muss* es sich als Teilchen verhalten – als punktähnliches Teilchen –, also kann es sich nicht ausbreiten. Nochmals: Wo *genau* wird das Teilchen erscheinen?«
»Keine Ahnung.«
»Die Antwort ist: Wissenschaftler haben keine Möglichkeit, das festzustellen!«
»Aber ... aber sie müssen es doch irgendwie ausrechnen können.«
Physis schüttelte den Kopf. »Nein. Sie können lediglich sagen, dass das Teilchen *irgendwo* in dem verschwommenen Fleck aufkommen wird. Aber wo genau ...« Sie zuckte mit den Schultern.
»Tut mir Leid, das verstehe ich nicht. Wollen Sie damit sagen, daß die Berechnung so kompliziert ist? Dass Sie einen leistungsfähigeren Computer brauchen?«
»Nein, nein. Nichts dergleichen. Nein, es geht hier einfach um etwas, das *nie* berechnet werden kann. Mit Computern hat das gar nichts zu tun.«

»Aber warum ist das so?«
»Das hängt mit der Art der Wellen zusammen. Es sind keine gewöhnlichen Wellen, keine Wellen wie im Meer. Es sind Wellen der *Wahrscheinlichkeit.*«
»Wellen der *was*?«
»Wahrscheinlichkeit. Sie verraten einem die Wahrscheinlichkeit – oder die Möglichkeit –, mit der ein Teilchen irgendwo auftaucht. Man sieht an dem verschwommenen Lichtfleck, dass er im Mittelpunkt heller ist als an den Seiten. Das lässt darauf schließen, dass – wenn man viele Teilchen hat – im Mittelpunkt mehr Teilchen ankommen als an den Seiten. Das wiederum bedeutet – wenn man es nur mit einem einzigen Teilchen zu tun hat: Die Wahrscheinlichkeit, dass es im Mittelpunkt ankommt, ist größer. Dagegen besteht an den Rändern, wo die Helligkeit immer weiter abnimmt, keine Wahrscheinlichkeit, das Teilchen hier zu finden.«
»Und Sie behaupten, das ist *alles*, was Sie berechnen können? Nur die *Wahrscheinlichkeit*, mit der das Teilchen an verschiedenen Stellen ankommt?«
Sie nickte. »Und das gilt für alles. Früher haben wir uns unsere Welt wie eine große Maschine vorgestellt. Wenn man ihren Zustand zu irgendeinem Zeitpunkt kennt, kann man auch ihren Zustand für jeden zukünftigen Zeitpunkt berechnen. Gut, in der Praxis wäre es schwierig, alles zu kontrollieren – jedes Atom. Aber man konnte es sich immerhin *vorstellen*. Doch mittlerweile wissen wir, dass so ein Traum unmöglich ist. Man kann ihn sich nicht einmal mehr vorstellen. Und das liegt allein an diesen Wahrscheinlichkeits-

wellen. Sie beherrschen alles, jede Bewegung. Deshalb kann die Zukunft *nie* berechnet werden. Sie wird immer unbestimmt bleiben.«

Der Richter weigerte sich rundweg, ein Wort davon zu glauben. »Sie geben zu schnell auf!«, rief er. »Es *muss* einen Weg geben, wie man die ganze Sache mit der Wahrscheinlichkeit umgeht!«

Physis lachte. »Sie reden genau wie die Wissenschaftler in den ersten Jahren unseres Jahrhunderts. Sie konnten es auch nicht glauben. Jahre und Jahre verbrachten sie damit, eine Lösung zu finden. Sie haben versucht, sich eine Situation vorzustellen, in der sie genau vorhersagen könnten, was geschehen würde.«

»Und?«

»Umsonst.«

»Pah! Es *muss* möglich sein!« Der Richter dachte einen Augenblick nach. »Ja! Das ist es! Genau ...«

»Ach!« sagte Physis.

»Nehmen wir ein Elektron. Ich sehe mir ein Elektron zu einer bestimmten Uhrzeit an, sagen wir um 12.00 Uhr, und notiere mir, wo es ist. Dann warte ich ein bisschen, bis um 12.05 Uhr, und sehe es mir wieder an. Jetzt weiß ich, wie weit es in fünf Minuten gekommen ist, und kann ausrechnen, wie schnell es sich bewegt. Also weiß ich jetzt, wo es um 12.05 Uhr ist und wie schnell es sich bewegt. Sie sehen also: Ich kann jetzt voraussagen, wo es zu jedem beliebigen späteren Zeitpunkt sein wird!«

»Halt, halt«, protestierte Physis. »Sie sagen, Sie sehen sich ein Elektron an. Wie machen Sie denn das?«

»Mit Licht natürlich.«

»Sie lassen einen Lichtstrahl darauf prallen?«
»Ja. Da ist doch nichts gegen zu sagen, oder?«
»Nein, nein«, beruhigte sie ihn. »Das ist möglich. Aber das heißt natürlich, Sie versetzen dem Elektron einen Schlag – Sie treffen es mit einem Lichtteilchen. Und Sie wissen nicht, wie stark Sie das Elektron treffen. So können Sie vielleicht berechnen, wie schnell sich das Elektron zwischen 12.00 Uhr und 12.05 Uhr bewegt hat, was Zeit und Entfernung betrifft, aber Sie wissen nicht, ob es diese Geschwindigkeit noch hält, nachdem Sie es zum zweiten Mal angeschlagen haben. Und das heißt, Sie können seine Zukunft *unmöglich* vorhersagen.«
Der Richter starrte sie wütend an. Offenbar ärgerte er sich über sich selbst. Das hätte er natürlich bedenken müssen. Doch dann hellte sich seine Miene auf. »Die Energie des Lichtteilchens! Haben Sie nicht gesagt, die Energie hängt von der Wellenlänge ab? Von der Entfernung zwischen den Bergen und Tälern?«
»Das ist richtig. Je kleiner der Abstand, desto stärker die Energie«, sagte sie.
Seine Augen leuchteten auf. »Und je größer der Abstand zwischen den Bergen und Tälern, um so schwächer die Energie?«
»Natürlich.«
»Jetzt verstehe ich«, erklärte der Richter und dabei wurde er ganz aufgeregt. »Dann würde ich es so machen: Ich verwende Licht, bei dem die Berge und Täler weit auseinander gezogen sind. So haben die Lichtteilchen nahezu keine Energie . . .«
»Aber entschuldigen Sie . . .«

»... Sie treffen das Elektron zwar, aber nur so leicht, dass es das Elektron gar nicht spürt. Es wird sich mit derselben Geschwindigkeit weiterbewegen ...«

»Entschuldigen Sie mal«, unterbrach Physis. »Geht es Ihnen gut?«

»Ob es mir gut geht? Natürlich. Warum denn nicht?«

»Na ja, es ist nur, weil Sie irgendwie so ... leuchten«, sagte Physis und hielt sich schützend die Hand vor die Augen. Sie hatte Recht. Das Gesicht des Richters strahlte hell wie eine Lampe!

»Ja? Das tut mir Leid. Muss mich wohl zu sehr erregt haben. Das treibt die Energieversorgung im Hologramm hoch. Wieder mal ein Konstruktionsfehler. Ich schalte gleich zurück ...« Er steckte die Hand in die hintere Hosentasche. »Besser?«

Der Richter sah wieder normal aus. Physis nickte.

»Wo bin ich stehen geblieben?«, fuhr er fort. »Ah ja. So funktioniert es: Wenn ich das Elektron nur ganz leicht treffe, ändere ich nichts an seiner Geschwindigkeit, es bewegt sich genauso wie vorher. O. k.?«

»Ja-a.«

»Na, also! Was habe ich gesagt ...«

»Moment! Moment! Was ist mit der Position des Elektrons um 12.05 Uhr? Wenn Sie die Zukunft vorhersagen wollen, benötigen Sie beides: Sie brauchen die Geschwindigkeit – gut, die haben Sie jetzt –, aber Sie brauchen auch die Position des Elektrons.«

»Aber die habe ich doch auch!«, protestierte er. »Ich habe es Ihnen erklärt: Um 12.05 Uhr halte ich einen Lichtstrahl auf das Elektron ...«

»Ja, aber sehen Sie sich das Licht mal an, das Sie verwenden! Die Berge und Täler sind weit auseinander gezogen. So weit, dass Sie keine Ahnung haben, woher das Licht eigentlich kommt, wenn es zu Ihnen zurückprallt!«

»Was?«, rief er.

»Wenn Sie die Position des Elektrons exakt bestimmen wollen, bleibt Ihnen nichts anderes übrig, als ein exaktes Licht zu verwenden – ein Licht, dessen Berge und Täler ganz dicht beieinander liegen. Aber natürlich haben Sie dann wieder das Problem, dass das Elektron davongeschleudert wird.«

Der Richter schnaubte vor Wut. Auf keinen Fall wollte er klein beigeben. Er war überzeugt, dass es eine Lösung geben musste. So kam es, dass er sich nun Nacht für Nacht mit diesem Problem herumschlug. Jeden Abend brachte er einen anderen Plan an, mit dem er beweisen wollte, dass es *doch* möglich war, die Zukunft vorherzusagen – aber jedes Mal konnte Physis ihm etwas zeigen, das er übersehen hatte.

Sie für ihren Teil machte sich ein Vergnügen daraus, ihm von all dem Merkwürdigen und Wunderbaren zu erzählen, das allein diese Unbestimmtheit an sich hatte. Radioaktive Atomkerne zum Beispiel. Das sind Atomkerne, die wie kleine Bomben explodieren. Das Problem ist nur, dass man nie sagen kann, wann es passiert. Man könnte 1000 davon haben, alle *absolut identisch*, und doch würden alle zu unterschiedlichen Zeiten explodieren. Alles, was man für jeden Einzelnen vorhersagen kann, ist die *Wahrscheinlichkeit*, dass er nach einer bestimmten Zeit explodieren wird.

So kam und ging der zweite Jahrestag ihrer Begegnung unbemerkt vorüber – das heißt: unbemerkt, was den Richter betraf. Physis dachte natürlich daran. Wieder bekam sie Briefe von Leuten, die ihr für ihren Einsatz dankten, aber es waren nicht annähernd so viele wie am ersten Jahrestag. Physis hatte den Eindruck, dass für die meisten die Gefahr des E-Days inzwischen – wie selbstverständlich – verflogen war.

Am *840sten* Abend gab sich der Richter geschlagen. Er räumte schließlich ein, dass es einen unerforschbaren Grund geben musste, warum sich die Zukunft nicht voraussagen ließ.

»Gut«, sagte Physis. »Nachdem wir das also endlich haben, nun zu etwas wirklich Interessantem: Wie man Unmögliches möglich macht!«

»Hm?«

Physis zerrte einen Eimer aus ihrer Tasche. Es war der, mit dem der Hausmeister in der Schule die Böden wischte. Sie stellte ihn auf den Tisch, dann legte sie eine Murmel hinein.

»O. k.«, sagte sie. »Wie kriegen wir die Murmel aus dem Eimer?«

»Wie?« Der Richter streckte die Hand aus und holte die Murmel heraus.

»Richtig«, sagte sie. »Man kann sie herausnehmen. Aber angenommen, ich hätte gesagt, Sie sollen sie nicht berühren? Wir sollen sie im Eimer lassen?« Sie legte die Murmel wieder in den Eimer. »Angenommen, wir lassen sie so liegen, wir haben keinerlei Kontakt mit ihr. Kann die Murmel aus eigener Kraft heraus?«, fragte sie.

»Natürlich nicht!«
»Es wäre unmöglich?«
Er nickte.
»Aber sie kann *doch* raus!«, sagte Physis schadenfroh.
»Wie denn?«
»Ganz einfach. Die Murmel hat ihre Wellennatur und ihre Wellennatur bestimmt, wo die Murmel zu finden ist – sie bestimmt die *Wahrscheinlichkeit*, mit der man sie an einem bestimmten Ort findet.«
»Und?«
»Wie sieht nun die Welle dieser Murmel aus? Wir wissen, dass sich die Murmel nicht frei bewegen kann. Sie sitzt auf dem Grund des Eimers fest. Sie ist gefangen. Also ist auch die Welle gefangen.«
»Ja, ja«, sagte der Richter. »Das weiß ich schon alles.«
»Ah ja, aber was ich Ihnen noch nicht erzählt habe: Berechnet man die Form der Welle, dieser gefangenen Welle, wird man feststellen, daß sich der größte Anteil im Eimer befindet. Das würde man auch erwarten. Aber das Interessante ist, dass sich ein superwinzig kleiner Teil davon über den Eimer hinaus ausbreitet!«
»Über den Eimer hinaus?«
»Ja. Nur ein ganz, ganz kleines bisschen. Hier raus.« Sie zeigte auf die Tischplatte direkt neben dem Eimer. »Und so kann Unmögliches möglich werden!«
»Wie meinen Sie das?«
»Wir haben schon gesagt, dass die Murmel nicht von selbst aus dem Eimer kommt – das wäre unmöglich.«
Er nickte.
»Aber die Welle, die die Position der Murmel bestimmt, breitet sich bis über den Eimer aus. Und

das kann nur bedeuten, es gibt eine Möglichkeit – eine ganz, ganz winzige Möglichkeit –, dass Sie die Murmel, wenn Sie das nächste Mal hinschauen, *außerhalb* des Eimers finden!«

»Sie meinen ... Aber wie denn? Sie springt über den Rand? Wollen Sie das vielleicht sagen?«

»Über den Rand? Durch die Eimerwand? Wer soll das wissen? Alles, was man sagen kann, ist: Jetzt sehen Sie die Murmel im Eimer – jetzt nicht.«

»Also, dann wollen wir sie mal beobachten. Wir wollen *sehen*, was sie macht.«

Der Richter beugte sich vor und starrte gespannt auf die Murmel.

Physis lachte. »Ohne mich. Sie können machen, was Sie wollen, aber ich habe Besseres vor. Ich habe gesagt, die Wahrscheinlichkeit ist klein, *winzig-winzig-winzig* klein, meine ich. Es wird in Zillionen Jahren nicht vorkommen. Und selbst dann wird man es nicht sehen: In diesem Augenblick ist die Murmel im Eimer, im nächsten ist sie schon draußen.«

»Ach, tun Sie das weg«, knurrte der Richter verstimmt, während er den Eimer zur Seite schob. »Zeitverschwendung, wenn Sie mich fragen!«

»O. k., o. k.«, sagte Physis hastig. »Eine Murmel, ein Eimer. Da gebe ich Ihnen schon Recht, es hat keinerlei Bedeutung – für große Gegenstände oder Alltagszeug. Aber wenn es um Atome und Atomkerne geht, dann ist das etwas ganz anderes. Elektronen, die durch Hindernisse flutschen – das geschieht ständig. Hindernisse, von denen man annehmen würde, dass ein Elektron niemals hindurchkommt. Und doch wechselt das Elektron von einem Augenblick auf den anderen die Seiten! Zauberei! Reine Zauberei!«

Und so kam es, dass Physis während der nächsten Wochen von den vielen ›Unmöglichkeiten‹ erzählte, die im atomaren Bereich vorkommen – nur wegen ihrer verrückten Wahrscheinlichkeitswellen.

Das ist doch ein Angebot!

»Nein, diese neue Autobahn«, murmelte Physis. Auf der Matte vor der Tür des Nebenzimmers trat sie sich sorgfältig die Schuhe ab. »Sie sind jetzt fertig und alle Laster von der Baustelle kommen über die Hauptstraße. Überall Dreck. Sie sollten mal die Böden in der Schule sehen!« Sie überprüfte ihre Sohlen. »Jetzt geht's. Das Schlimmste ist ab.«

Sie fand, dass der Richter heute ungewöhlich ernst aussah.

»Ist irgend etwas?«, fragte sie.

»Eigentlich nicht«, erwiderte er. »Zumindest...«

»Ja?«

»Es ist nur... ich glaube, die Zeit ist gekommen, dass wir...« Er zog die Schultern hoch.

»Dass wir?«, fragte sie ängstlich.

»Verstehen Sie mich nicht falsch, Physis«, sagte er. »Die Plaudereien mit Ihnen haben mir viel Spaß gemacht, sehr viel sogar. Aber wir wollen uns nichts vormachen, ich habe gewusst, was Sie im Schilde führen. Die ganze Zeit habe ich das gewusst.«

»Was haben Sie gewusst?«

»Dass Sie ein Spielchen mit mir treiben!«

Sie sagte nichts.

»Diese ganzen Geschichten über die Rätsel eures komischen alten Universums – ›Zeit schinden‹ würde ich das nennen, ein Spiel um Zeit. Der einzige Grund, warum ich Sie so lange habe weiterspielen lassen, war ... na ja, wie gesagt, es hat mir gefallen. Dank Ihrer Hilfe kann ich jetzt auch verstehen, dass doch eine ganze Menge für euer Universum spricht. Zu seiner Zeit ist es ein gutes Universum gewesen. Aber genau da liegt das Problem: der veraltete Zustand.«
Physis starrte auf den Boden. Sie nickte, ohne aufzusehen. »Ja. Es war dumm von mir zu glauben, dass ich damit durchkommen und ... mehr erreichen könnte, als den schrecklichen Tag höchstens hinauszuschieben.« Sie wischte sich eine Träne ab.
»Machen Sie sich nichts daraus«, sagte er. »Sie haben gute Arbeit geleistet, Frau Lehrerin!«
Sie sah auf und lächelte. »Wenigstens würde ich mir wünschen, dass Sie in Zukunft liebevoll an dieses alte Universum denken. So wie es gewesen ist.«
»Oh, da machen Sie sich nur keine Sorgen. Ich bin zwar nicht ganz sicher, woran ich mich erinnern werde, Sie haben mir ja so vieles erzählt«, sagte er und lachte. »Mir ist fast schwindlig.«
»Meine Güte, hoffentlich habe ich es nicht übertrieben«, sagte Physis. Dann runzelte sie die Stirn.
»Was ist?«, fragte er.
»Ach, nichts. Nur ... wenn ich so zurückdenke, kommt's mir vor, als habe ich doch ein rechtes Durcheinander angerichtet mit den vielen Fakten, die ich Ihnen an den Kopf geworfen habe. Es überrascht mich nicht, dass es Ihnen wie ein wüster Mischmasch

vorkommt. Nein«, sagte sie und schüttelte langsam den Kopf. »Ich fürchte, ich bin keine sehr gute Lehrerin.«

»Natürlich sind Sie das!«

»Nein. Eine gute Lehrerin hätte sich mehr an die wirklich rätselhaften Zusammenhänge gehalten und nicht an Einzelheiten gehängt wie: ›Was macht dieses eine Elektron in dieser einen, besonderen Situation.‹ Sie wäre bei den unerklärlichen Geschehnissen geblieben, die sich auf *alles* auswirken. Dann hätten Sie jetzt wenigstens mit ein paar klaren Vorstellungen im Kopf abreisen können, und zwar mit den wirklich bedeutenden. Und wenn ich daran denke, dass ich sie nicht einmal *gestreift* habe ...«

»Das haben Sie nicht?«

»Nein«, sagte sie. »Oder habe ich Ihnen je von Wissenschaftlern erzählt, die nicht wissen, vorüber sie eigentlich sprechen? Und dann die ...«

»*Nicht wissen, worüber sie sprechen?*«, wiederholte der Richter und der Mund blieb offen stehen.

»Nein, natürlich nicht«, erwiderte Physis, als wäre das selbstverständlich. »Wie können sie auch, wenn ...«

»Halt! Halt!«, unterbrach er. »Sie sind ja schon wieder mittendrin in Ihrem Spielchen! Ich habe Ihnen gesagt: Einmal muss SCHLUSS sein.«

Physis ließ sich in ihrem Sessel zurückfallen. Meine Güte, dachte sie, jetzt sieht es aber wirklich nach dem Ende aus. Sie wagte nichts mehr zu sagen. Beide saßen stumm da. Physis überlegte schon, wie sie diese Nachricht ihren Kindern beibringen konnte. Vielleicht sollte sie besser auch den Zeitungen Bescheid geben. Seit Monaten hatte keiner das Thema E-Day auch nur erwähnt. Physis kam es so vor, als ob die Uhr auf dem Kaminsims lauter tickte als sonst – als wisse sie, dass jetzt die letzten, kostbaren Augenblicke in der 15 Milliarden Jahre alten Geschichte des Universums angebrochen waren.

Es war der Richter, der das Schweigen brach.

»Ein paar, haben Sie gesagt?«

»Ein paar?«, fragte Physis.

»Sie haben gesagt, es gibt ein paar wirklich bedeutende Vorstellungen.«

Sie nickte.

»Wie viele – genau?«, fragte er misstrauisch.

Sie zog die Schultern hoch. »Weiß ich nicht. Nicht viele.«

»Wie lange würde es dauern?«

»Nicht lange.«

»Versprochen?«

Sie lächelte. »Versprochen.«

Langsam strich sich der Richter über das Kinn. »Also, ich weiß ja nicht...« Er seufzte.

»Möchten Sie etwas zu trinken?«, fragte Physis beiläufig. »Mir ist eingefallen, dass ich dran bin mit Bestellen.«

Er sah sie scharf an. Dann brach er in Lachen aus. »Sie alte Gaunerin, Sie! Also schön, Sie haben gewonnen. Aber eins ist klar: nur wichtige Dinge und nur ein paar wenige. Verstanden?«

»Verstanden«, erwiderte sie mit einem Grinsen.

Sie holte die Getränke.

»Also, was haben Sie vorhin gesagt?«, fragte der Rich-

ter, als sie zurückkam. »Wissenschaftler wissen nicht, worüber sie sprechen? Das kann ich nicht glauben.«
»Aber es stimmt – in gewisser Weise stimmt es.«
»Sie müssen doch wissen, worüber sie sprechen! Sonst könnten sie unmöglich Brücken konstruieren und Autos bauen.«
»Ja, ja, *das* wissen sie natürlich – wie man etwas in Bewegung setzt oder wie man etwas baut. Aber fragen Sie sie mal, was etwas tatsächlich ist, dann haben sie nämlich keine Ahnung.«
»Wie meinen Sie das?«, fragte der Richter.
»Also ... Nehmen Sie Zeit. Was ist Zeit?«
Er zuckte mit den Schultern. »Das hier«, sagte er und zeigte auf die Uhr.
»Nein«, sagte Physis. »Damit *messen* wir sie. Das können Wissenschaftler natürlich, die Zeit messen. Aber ich will wissen: Was ist Zeit eigentlich?«
»Tut mir Leid, ich verstehe nicht, was Sie meinen.«
Physis sah sich um. »Nehmen Sie hier das Tischtuch«, sagte sie. »Ich kann es messen, nicht? Ich kann es mit einem Maßband messen und feststellen, dass es ... sagen wir mal, 1,30 Meter lang ist. Das verrät mir aber nicht, woraus der Stoff gemacht ist. Ist er aus Baumwolle, Polyester, Nylon oder einem Mischgewebe? Genauso ist es mit der Zeit. Wir können sie messen, mit der Uhr. Wir können sagen, es ist fünf Minuten her, dass wir uns getroffen haben. Aber das verrät mir nicht, woraus Zeit besteht – aus was für einem Stoff Zeit ist.«
»Aber es muss doch eine Möglichkeit der Definition von Zeit geben«, wandte der Richter ein. »Sehen Sie im Wörterbuch nach. Da wird es drinstehen.«

»Sicher. Da steht, dass Zeit Dauer ist«, antwortete sie. »Aber was ist Dauer? Ein Zeitabschnitt. Und was ist ein Zeitabschnitt? Eine Zeitspanne. Und eine Zeitspanne? Ein Zeitraum. Ein Zeitraum? Eine Weile. Eine Weile? ZEIT. Und damit sind wir wieder da, wo wir angefangen haben.«

»Und das ist wirklich alles, was Sie darüber sagen können? Sie drehen sich nur im Kreis?«, fragte er. Sein Interesse war wieder geweckt.

Sie nickte. »Dasselbe gilt für Raum. Was ist Raum? Raum ist Entfernung. Entfernung ist Länge. Länge ist . . . Raum.«

»Und wie ist es mit anderen Dingen?«

»Genauso. Elektrische Ladung, Materie, Energie – alles.«

»Erstaunlich!«, rief er.

»Ja. Ich finde es manchmal ziemlich unheimlich. Durch die Wissenschaft erfahren wir so vieles über die Welt. Man muss ja nur anschauen, was die Technologie erreicht hat. Aber in gewissem Sinn – in einem sehr tiefen Sinn – wissen wir eigentlich gar nicht, worüber wir reden.«

»Ich frage mich, was dabei herauskommen soll«, murmelte der Richter.

»Nichts«, sagte Physis lässig. »Es kommt vermutlich nichts dabei heraus.«

»*Nichts?*«

Am nächsten Abend, dem *922sten*, fragte der Richter Physis, was sie mit dieser Bemerkung gemeint habe.

»Alles hat mit positiven und negativen Eigenschaften zu tun«, sagte sie.

»Wie meinen Sie das?«

»Nehmen Sie elektrische Ladungen. Zwei Arten, positive Ladungen im Atomkern und negative in den Elektronen. Es gibt eine Menge Atomkerne und eine Menge Elektronen in der Welt. Das heißt, es ist eine ganze Menge elektrischer Ladung vorhanden. Aber positive und negative Eigenschaften gleichen sich ja aus, nicht wahr? Wie viel elektrische Ladung haben wir also *im Durchschnitt*? – *Keine!*«

»*Keine?*«

»Nein, keine. Es zeigt sich ja, dass exakt die gleiche Menge an positiver wie an negativer Ladung auf der Welt vorhanden ist. Sie gleichen sich also exakt aus und ergeben – nichts!«

»Wie sonderbar! Was für ein unglaublicher Zufall!«

»Ist das einer? Ist es nur ein Zufall? Oder könnte es einen tieferen Grund dafür geben?«

»Beispielsweise?«

»Beispielsweise, dass die Welt aus nichts besteht, aus *absolut* nichts.«

Am folgenden Abend wartete der Richter schon ungeduldig auf sie.

»Ha!«, sagte er. »Dieser Quatsch von wegen: die Welt besteht aus nichts. Nehmen Sie das hier.« Er hielt einen Aschenbecher hoch. »Na, das ist doch nicht nichts! Das ist mehr als elektrische Ladung. Es ist Materie, schöne, feste Materie. Das ist doch eindeutig *etwas* und nicht *nichts*!«

»Aber vergessen Sie nicht, was wir früher über Materie gehört haben? Dass es eine gefrorene Art von Energie ist?«

»Und?«

»Nun, Energie kann positiv sein wie die, die hier im Aschenbecher, im Tisch und in den Stühlen eingefroren ist. Aber sie kann auch negativ sein.«

»Wie?«

»Immer, wenn Dinge aneinander haften oder von Schwerkräften gehalten werden«, sagte sie.

Der Richter war verblüfft. Physis überlegte einen Augenblick, dann nahm sie den Aschenbecher und stellte ihn auf den Boden.

»So. Der Aschenbecher hat Energie, nicht wahr?«, sagte sie. »Er hat seine eingefrorene Energie. Jetzt will ich ihn auf dem Tisch haben. Wo liegt das Problem? Das Problem ist, dass er von der Schwerkraft auf dem Boden festgehalten wird. Was mache ich also?«

Sie streckte die Hand aus, hob den Aschenbecher langsam hoch und stellte ihn wieder auf den Tisch.

»So. Ich habe ihn gegen die Gravitationskraft angehoben. Das erfordert Energie, ein bisschen Energie. Ich musste dem Aschenbecher ein bisschen Energie geben. Jetzt steht er hier. Er sieht genauso aus wie eben, als er noch auf dem Boden stand. Er hat immer noch seine eingefrorene Energie. Aber was ist aus der Energie geworden, die ich ihm gegeben habe?«

»Keine Ahnung.«

»Diese Energie hat die Gravitation überwunden. Wir können sagen: Der Aschenbecher hatte, als er auf dem Boden stand, nicht nur seine eingefrorene Energie, seine *positive* eingefrorene Energie – er hatte außerdem Gravitationsenergie, *negative* Gravitationsenergie. Die positive Energie, die ich dem Aschenbecher gab, als ich ihn aufnahm, hat die negative Gravitationsenergie aufgehoben.«

»Jetzt hören Sie aber auf! Wollen Sie mir etwa weismachen, dass die gesamte negative Energie in der Welt die gesamte positive ausgleicht? Sie haben gesagt, die Menge der in Materie eingefrorenen Energie ist ganz *enorm* – erinnern Sie sich?«

»Das ist richtig. Aber es gibt auch eine enorme Menge an negativer Energie in der Welt – wegen der Gravitation. Es geht ja nicht nur um Aschenbecher, die von Böden angezogen werden. Denken Sie daran, dass der Mond von der Erde angezogen wird, die Erde von der Sonne, die Sonne von der Galaxie, unsere Galaxie von anderen Galaxien. Nichts hindert die negative Energie, dass sie fortwährend die positive ausgleicht. Wir stellen also wieder fest – genau wie bei der elektrischen Ladung –, es kann eigentlich nur auf ›nichts‹ hinauslaufen.«

Physis erklärte an den nächsten Abenden, dass es noch andere Dinge gab, die sich ausgleichen. Zum Beispiel der Impuls. Das ist eine Eigenschaft bei Körpern, wenn sie sich bewegen. Er sagt aus, wie heftig ein Gegenstand einen anderen aus dem Weg stoßen kann. Weil sich in die eine Richtung durchschnittlich genauso viele Körper bewegen wie in die andere, gleicht sich der Impuls aus. Dasselbe gilt für den Drehimpuls. Er kommt bei Körpern vor, die sich drehen.

Aber es gibt genauso viele Körper, die sich in die eine Richtung drehen, wie solche, die sich in die andere Richtung drehen. Das Universum als Ganzes dreht sich *nicht*. Wieder also gleicht sich alles aus.
»Und jetzt passen Sie auf!«, rief Physis triumphierend. »Es ist gut möglich, dass im ganzen Universum alles zusammengenommen genau NICHTS ergibt! Ein ganzes Universum für nichts. Wie finden Sie das Sonderangebot?«
Der Richter lachte. »Ich muss schon sagen – ganz schön schlau. Billiger kriege ich kein Universum.«
»Und das ist noch nicht mal alles«, fuhr sie fort. »Es ist nicht nur billig, wenn es um Rohstoffe geht, es ist auch kein bisschen verschwenderisch, wenn es um die Gesetze geht, um die Regeln, die das Verhalten aller Dinge bestimmen.«

Vom *935sten* Abend an erzählte sie dem Richter, was das für Gesetze waren. Sie hatte Recht, es gab nicht viele. Im Grunde hoffen Wissenschaftler, dass sie eines Tages in der Lage sein werden, alle Vorgänge mit nur einem einzigen Gesetz zu beschreiben.
Später sprach sie über Kräfte, die für alle Bewegung im Universum maßgeblich sind: elektrische und magnetische Kräfte, Gravitationskräfte, Kräfte, die Neutronen und Protonen im Atomkern zusammenhalten, und Kräfte, die radioaktive Atomkerne zum Explodieren bringen.
»Wir wissen jetzt, dass elektrische und magnetische Kräfte in Wirklichkeit gar keine unterschiedlichen Kräfte sind. Es sind nur zwei Seiten der Medaille«,

sagte Physis. »Das macht alles viel einfacher. Genauso ist es mit der Kraft, die radioaktive Atomkerne explodieren lässt, das ist auch nur eine andere Erscheinungsform elektrischer und magnetischer Kräfte. Da muss man überlegen: Könnte es sein, dass es im Grunde genommen nur *eine* Art von Kraft gibt? Dass alle Kräfte, die wir kennen, nur unterschiedliche Erscheinungsformen dieser einzigen Kraft sind? Eine Kraft, ein Gesetz. Wäre das nicht GROSSARTIG?«

»Das wäre natürlich sehr übersichtlich«, stimmte der Richter zu. »Aber ich verstehe es nicht. Ich hätte gedacht, dass ein derartig beschaffenes Universum äußerst langweilig sein müsste, ohne große Vielfalt. Und doch, wenn ich mich so umsehe ...«

»Genau. Ich staune oft darüber, was alles so vor sich geht«, sagte Physis. »Eine Handvoll Gesetze und Kräfte – möglicherweise nur jeweils eins davon. Man sollte meinen, man müsste weiter nichts tun, als das Verhalten gewöhnlicher Alltagsgegenstände im Haus zu beobachten, fertig. Dann würde man alles wissen, was es zu wissen gibt – von den größten bis zu den kleinsten Dingen. Aber so ist es nicht. Wenn man nur über ganz gewöhnliches Alltagsleben Bescheid wüsste, hätte man keine Ahnung, was im großen Maßstab vor sich geht ...«

»Sie meinen die Sache mit dem Raum und wie er die Galaxien auseinander treibt?«, schlug der Richter vor. »Und wie alles von gewaltigen Gravitationskräften beherrscht wird? Von Kräften, die Uhren an schwarzen Löchern zum Stillstand bringen können?«

»Das ist richtig. Und nicht nur das. Ebenso wenig

wüsste man, was sich im Kleinen abspielt. In diesem Bereich wirkt sich Gravitation kaum aus. Hier ist alles unbestimmt, nichts kann vorhergesagt werden, ganz anders als im täglichen Leben.«

»Hmmm. Aber es sind doch dieselben Gesetze, die im kleinen wie im großen Maßstab wirken – und auch im alltäglichen Leben«, sagte der Richter.

»Das stimmt. Aber die Auswirkungen sind unterschiedlich.«

Physis kramte in ihrer Tasche herum. Dann brachte sie eine bemalte Holzpuppe zum Vorschein.

»Meinen Kindern versuche ich es immer so zu erklären«, sagte sie. »Haben Sie schon mal solche Puppen gesehen? Sie werden ›Russische Puppen‹ genannt. Schauen Sie!«

Sie zog den oberen Teil der Puppe ab. Da kam in ihrem Innern eine zweite Puppe zum Vorschein – eine kleinere. Physis nahm sie heraus und wiederholte das Ganze. Auch diese Puppe ließ sich in zwei Hälften teilen. Wieder zog sie eine Puppe heraus und noch eine und noch eine. Sie stellte sie der Größe nach in einer Reihe auf.

»So sehe ich die Welt«, sagte sie. »Es sind eigentlich Welten in Welten in Welten. Nur dass diese Welten interessanter sind als die Puppen hier. Jede dieser Puppen sieht haargenau so aus wie die anderen – bis auf die Größe. Aber bei unserem Universum zeigt sich jede der inneren Welten ganz anders als die größeren äußeren. Und doch sind sie alle nach denselben grundlegenden Regeln oder Gesetzen geschaffen.«

Der Richter nahm ein paar der Puppen und drehte sie

in seinen Händen herum. Er sagte nichts. Er sah sie nur nachdenklich an.

Der *964ste* Abend:
»Eines der großen Rätsel unseres Universums ist natürlich: Woher kommen die Gesetze?«
»Wie meinen Sie das?«, fragte der Richter.
»Nun, um die Gesetze überhaupt zu erkennen, ist Intelligenz nötig, oder?«
Er nickte. »Ein gewisses Maß, ja.«
»Wenn also Intelligenz nötig ist, um die Vorgänge in der Welt zu verstehen – war dann nicht auch Intelligenz nötig, um alles von Anfang an einzurichten?«
Er sah sie scharf an. »Worauf wollen Sie da genau hinaus?«
»Manche bei uns glauben, dass Gott alles erschaffen hat. Hat er das? Sie werden natürlich genauestens darüber Bescheid wissen.«
Der Richter rutschte unbehaglich hin und her, dann schüttelte er den Kopf.
»Nicht?«, fragte Physis. »Ach, ich hätte gedacht ... Wo Sie doch von der Vereinigung der Universen kommen und alles ... Sollten Sie da nicht ...«
»So weit gehen unsere Berichte nicht zurück«, sagte er gereizt. »Die Vereinigung ist ziemlich neu. Wir haben erst vor 10 Milliarden Jahren angefangen. Euer Universum liegt noch 5 Milliarden Jahre weiter zurück. Es ist sehr, sehr alt. Und je eher wir reinen Tisch machen und zusehen, dass wir diese alten Dinger loswerden ...«
»Ah!«, rief Physis. »Also *kann* Gott die Welt erschaffen

haben. Und das bringt uns auf das größte Rätsel überhaupt: *Warum ist das Universum gemacht worden?*«

»*Warum* es gemacht worden ist?«

»Ja. Denken Sie daran, dass das Universum Leben hervorgebracht hat. Wie ist das entstanden?«

»Das ist wirklich eine gute Frage«, sagte der Richter. »Weitaus die Mehrheit der Universen, mit denen ich zu tun habe, sind ohne Leben. Das erleichtert meinen Job natürlich enorm – es gibt niemanden zu berücksichtigen. Ich kann allein entscheiden, ob das Universum veraltet ist oder nicht. Aber mit Universen wie eurem ist es schon recht lästig. Unangenehmes Geschäft: *Leben.* Macht alles viel komplizierter.«

Physis wollte schon protestieren, dass Leben alles andere sei als ein ›unangenehmes Geschäft‹, aber dann überging sie es doch lieber. »Also ... damit Leben überhaupt entstehen konnte, war eine ganze Menge merkwürdiger Zufälle nötig ...«

An den folgenden Abenden schilderte Physis diese Entwicklung.

Sie begann, indem sie ihn daran erinnerte, dass sich alle Galaxien – wegen des sich ausdehnenden Raums – voneinander entfernen. Mit einem Urknall hatte alles angefangen: Alle Materie, aus der das Universum besteht, kam aus einem Punkt herausgeschossen. In diesem Stadium hatte die Materie noch nicht die Form von Sternen und Planeten, sie bestand nur aus einfachen Gasen. Diese Gase mussten sich später verdichten, um die ersten Sterne zu bilden. Das war knifflig. Wäre der Urknall nur eine Spur heftiger gewesen, hätte er die Gase so weit weggeschleudert, dass sie sich im ganzen Raum verteilt hätten und zu dünn gewesen wären, um Sterne zu bilden. Andererseits: Wäre der Urknall nur eine Spur weniger heftig gewesen, hätten sich zwar Sterne gebildet, aber die Gravitationskräfte hätten sie in einem ›Endknall‹ wieder in sich zusammenstürzen lassen, bevor überhaupt Leben auf irgendeinem Planeten hätte entstehen können. Das erste Problem war also: die Heftigkeit des Urknalls genau zu kalkulieren.

Als Nächstes musste man irgendwie an die einfachen Gase herankommen und ihre Atomkerne miteinander verbinden, damit sich interessantere Atome bilden konnten – wie sie zur Entstehung von lebenden Körpern nötig sind. Das geschah im Innern von Sternen, wo sich die Atomkerne in der richtigen Weise verbinden konnten – und auch das war sehr kompliziert.

Da man nun im Innern der Sterne, wo Temperaturen von einigen 10 Milliarden Grad herrschen, keine Lebewesen schaffen kann, musste eine Möglichkeit her, wie Sterne zur Explosion und zum Ausstoß der neu entstandenen Atome gebracht werden konnten. Das zu regeln bereitete wirklich Kopfzerbrechen.

Nachdem sich dieses Material erst einmal angehäuft hatte, um Sterne wie unsere Sonne zu bilden und zum ersten Mal Planeten wie die Erde, konnte der Prozess der Evolution beginnen. Die Evolution ist selbst ein ganz erstaunlicher Prozess, in dem aus gewöhnlichen Chemikalien so wunderbare Wesen werden wie Menschen, Tiere und Pflanzen.

Das hat lange gedauert, wie man sich vorstellen kann.

In dieser ganzen Zeit musste die Sonne immer schön gleichmäßig brennen, um die für die Entwicklung von Leben notwendige Wärme zu liefern. Das war ein großes Problem! Die Sonne braucht den gleichen Kernbrennstoff wie eine Wasserstoffbombe. Sie ist sozusagen eine Atombombe, die langsam hochgeht! Da war Fingerspitzengefühl nötig.

»Das Unwahrscheinlichste an diesem Universum ist also«, schloss Physis am *996sten* Abend, »dass es trotz geringer Aussichten erfolgreich Leben hervorgebracht hat.«

»Und was schließen Sie aus all diesen ›Zufällen‹?«, fragte der Richter.

»Da ist sich allerdings niemand so sicher. Es könnte sein, dass es eine unermesslich große Anzahl Universen gibt, die alle nach unterschiedlichen Gesetzen aufgebaut sind. Falls es so ist, existiert auf den meisten – auf den weitaus meisten – kein Leben. Aber es könnte ein paar Ausnahmen geben. Das wären dann solche Universen, die zufällig die richtigen Bedingungen erfüllen. Dazu würde unseres gehören. Ich weiß nicht, Sir, Sie in Ihrer Position können das doch besser beurteilen als wir, ob etwas dran ist an dieser Vorstellung. Was meinen Sie? Haben Sie nicht gesagt, es gäbe viele Universen ...«

»Äh ... Da kann ich Ihnen leider nicht behilflich sein. Ich habe Ihnen sowieso schon zu viel erzählt. Die Vereinigung hat durchaus kein Interesse daran, dass die Universen zu viel voneinander erfahren. Lieber wird es gesehen – im Großen und Ganzen –, wenn sich ein jedes um seine eigenen Angelegenheiten kümmert.«

»Sehen Sie. Es gibt also für uns keine Möglichkeit, etwas über andere Universen zu erfahren«, fuhr Physis fort. »Und das bringt uns zu der zweiten Vorstellung: Jemand, ich meine Gott, hat das Universum geschaffen. Und er hat es außerdem ganz besonders geschaffen, nämlich so, dass sich Leben darin entwickeln würde. Deshalb sind die Gesetze so und nicht anders festgelegt. Und wenn diese Vorstellung richtig ist, dann sind *wir* – und alle anderen Lebewesen der Grund, weshalb das Universum überhaupt existiert.«

»Ja, also wie gesagt, unsere Aufzeichnungen gehen nicht weit genug zurück, deshalb kann ich das nicht bestätigen und nicht abstreiten«, sagte der Richter. »Ihr werdet in dieser Hinsicht selbst einen Entschluss fassen müssen.«

Der *997ste* Abend:

»Ist was?«, fragte der Richter. »Sie sehen heute Abend so niedergeschlagen aus.«

»Ach nichts«, antwortete Physis. »Es ist nur diese schreckliche Autobahn. Ich habe Ihnen davon erzählt, erinnern Sie sich? Jetzt ist sie freigegeben. Ein Lärm ist das, Sie glauben es nicht! Wir hatten ja keine Ahnung, dass der Verkehrslärm so weit trägt! Als wir die ersten Pläne sahen, dachten wir, dass es uns gar nicht so sehr berühren würde. Aber Sie sollten es mal hören! Ein einziger Krach! Und jetzt steht in der Zeitung ein Artikel über ein neues Wohnungsbauprojekt am Ortsrand. Ein Grüngürtel sollte es sein! Aber jetzt, wo die Autobahn da ist, wird behauptet, dass es ja nun sowieso kein Grüngürtel mehr sei. Jetzt nennen sie es ›Bebauungsgebiet‹. Ich weiß nicht, das Dorf ist auch nicht mehr das, was es mal war.«

Sie zog den Mantel aus und ließ sich in ihrem Sessel nieder. »So, jetzt aber genug davon«, fuhr sie fort und ihr Gesicht heiterte sich ein wenig auf. »Wie weit sind wir gestern gekommen?«

»Wie Leben . . .«

»Ah ja. Ich denke, zu dem Thema ist nicht mehr viel zu sagen. Natürlich hat es nicht immer Leben im Universum gegeben. Es hat lange gedauert, bis es sich entwickeln konnte, und es wird auch kein ewiges Leben geben.«

»Oh! Warum nicht?«

»Alles nützt sich mit der Zeit ab. Die Sterne verbrauchen ihre Energie. Das wird natürlich lange Zeit dauern. Aber am Ende werden sie ausgebrannt sein. Immer mehr Materie wird von schwarzen Löchern aufgesogen und zermalmt. Zuletzt wird das Universum schließlich kalt, leblos und tot sein.«

Der Richter sah ernst aus. »Dabei fällt mir wieder ein, wir dürfen bei all diesen Gesprächen über euer veraltetes Universum nicht den *zweiten* Grund übersehen, warum es auf unserer Entsorgungsliste steht: Euer Universum ist verbraucht, es gerät in Verwahrlosung.«

Ein Schauder durchlief Physis. So etwas Idiotisches, dachte sie, warum habe ich ausgerechnet *damit* angefangen!

»Es ist wie auf diesen Videos, die Sie mal gezeigt haben. Ist schon lange her, wissen Sie noch?«, fuhr er fort. »Wir wollten feststellen, in welcher Richtung sie

abgespielt werden mussten; wie die richtige Zeitabfolge war. Es war nicht schwierig. Wir haben einfach nur darauf geachtet, in welcher Reihenfolge das Chaos immer größer wurde, wie Dinge zerbrachen und auseinander fielen. Das passiert ja nicht in umgekehrter Reihenfolge; zertrümmerte Tassen, zum Beispiel, setzen sich nicht wieder zu neuen Tassen zusammen. – Ich danke Ihnen für diesen Hinweis, meine Liebe. Diesen Zusammenhang hatte ich glatt übersehen.«
An diesem Abend war Physis' Herz schwer, als sie den Roten Löwen verließ.

Der *998ste* Abend:
»Stimmt schon, was wir gestern Abend gesagt haben: Die meisten Dinge verschleißen, zerfallen und ihre Ordnung bricht zusammen«, sagte Physis. »Aber es gibt eine rühmliche Ausnahme.«
»Ach, und was könnte das sein?«, fragte er zweifelnd.
»Leben«, erwiderte sie.
»Das ist keine Ausnahme. Lebewesen werden alt und sterben wie alles andere auch.«
»Aber was ist mit der Geburt eines Kindes? Mit der Geburt eines jeden Kindes wird neues Leben erzeugt! Und wie ist das mit der Evolution? Es entwickeln sich immer kompliziertere, wundervolle neue Geschöpfe! Beständig schwimmt das Wunder des Lebens gegen einen Strom, der alles in seiner Macht Stehende tut, um dieses Leben hinwegzufegen. Ich finde, das ist schon phantastisch!«

Der *999ste* Abend:

»Und was ist mit jenem Geheimnis, dessen Erklärung scheinbar völlig jenseits von Wissenschaft liegt?«, fragte Physis. »Ich meine das Geheimnis, warum Lebewesen Verstand haben. Sie haben Gedanken und Gefühle. Hier – diese Ansammlung von Chemikalien hat ein Bewusstsein«, sagte sie und tippte sich an die Brust. »Sie hat einen Verstand.«

»Warum soll das etwas Geheimnisvolles sein?«, fragte der Richter. »Ich dachte, Wissenschaftler sind längst dabei, immer mehr über das Gehirn herauszufinden?«

»Über das *Gehirn*, ja. Über seine chemische Zusammensetzung, über die elektrischen Ströme, die es durchfließen. Und offensichtlich steht das alles in Zusammenhang mit den Gedanken und Gefühlen, die ein Mensch hat. Aber nur weil man versteht, was physikalisch in einem Gehirn vor sich geht, heißt das nicht, dass man den Verstand dieses Menschen versteht. Unter dem Mikroskop sieht der Wissenschaftler Chemikalien – er sieht nicht Liebe, Hass, Angst, Hunger, Freude, Entschlossenheit, Hoffnungen... Nichts außer sich bewegenden Chemikalien sieht er. Hier gibt es ein großes Rätsel. Am Ende kann Wissenschaft nichts darüber aussagen, was es heißt, ein Individuum zu sein. Aber ein einmaliges Wesen zu sein: Das macht Leben überhaupt erst aus. Und wenn das Universum vernichtet wird, dann vernichten Sie damit auch Individuen. Und es ist einfach fürchterlich, wenn man so etwas tut!«

Damit klaubte Physis hastig ihre Sachen zusammen,

rannte in Tränen aufgelöst hinaus und warf die Tür hinter sich zu.
Der Richter sagte nichts. Er blieb sitzen und starrte gedankenverloren in die züngelnden Flammen im Kamin.

Am *1000sten* Abend erschien Physis nicht. Der Richter war tief beunruhigt. War sie krank? Er schickte den Wirt los, um in Erfahrung zu bringen, was da los sein könnte.
»Sie sagt, sie kommt nicht«, meldete der Wirt, nachdem er wieder zurück war.
»Sie kommt nicht?«, wiederholte der Richter. »Warum nicht? Fühlt sie sich nicht wohl?«
»Sieht einwandfrei gesund aus, wenn Sie mich fragen.«
»Wo ist sie?«
»Zu Hause.«
»Und sie hat Ihnen keinen Grund genannt?«, fragte der Richter.
»Nein.«
»Dann gehen Sie hin und sagen ihr, ich will sie hier sehen – *sofort*.«
Murrend machte sich der Wirt davon, obwohl er natürlich darauf achtete, nicht eher loszumeckern, als bis er ganz sicher außer Hörweite des Richters war.
Er war bald wieder zurück. »Es ist, wie ich gesagt habe: Sie kommt nicht. Sie sagt, sie will einfach nicht...«
»*Sie will nicht!*«, sprudelte der Richter. »Das hat sie... tatsächlich gesagt? Sie hat wirklich gesagt, SIE WILL NICHT?«, donnerte er.

Der Wirt wich vor Schreck zur Tür zurück. Er nickte so heftig, dass es aussah, als würde ihm gleich der Kopf abfallen.

»Na schön, mein Mädchen, das werden wir bald haben«, murmelte der Richter. Mit einem Ruck zog er sein Videofon hervor. »Fred!«, schrie er den Bildschirm an. »Zum Donnerwetter! Wo steckt der Kerl? Nie ist er da, wenn man ihn ... Ah, da bist du ja! Wo warst du? Egal. Der Schlürfott, ist der Schlürfott startklar? Wenn nicht, dann mach ihm Dampf. Morgen ist der Tag!«

»Äh, Entschuldigung, Sir«, stammelte Fred, der seinen Ohren nicht traute.

»E-Day. Morgen!«

Der Richter ließ den Bildschirm zuschnappen. Er sah auf, sein Gesicht war dunkel und drohend. Da entdeckte er den Wirt, der sich gegen die Tür gedrückt hatte. »HE SIE!« bellte er. »Was zum Teufel machen Sie da? RAUS HIER!«

Am nächsten Morgen hatte der Richter seine Koffer gepackt. Zum letzten Mal saß er im Nebenzimmer und rauchte schweigend seine Pfeife. Er hatte sich zwar beruhigt nach dem gestrigen Abend, war aber niedergeschlagen, dass nun alles so zu Ende gehen sollte.

»Das Taxi ist da«, verkündete der Wirt. »Ich hole Ihre Koffer, Sir.«

Auf dem Weg nach draußen ließ der Richter seine Schlüssel auf dem Schreibtisch liegen. Gerade wollte er in das Taxi steigen, da hörte er Kinderstimmen. Durch das Donnern des Verkehrslärms auf der Autobahn, der jetzt so deutlich zu vernehmen war, konnte er sie gerade noch ausmachen. Die Stimmen kamen von der anderen Seite des Dorfplatzes. Es war Pause und die Kinder spielten auf dem Schulhof.

»Warten Sie eine Minute hier«, sagte er zu dem Taxifahrer, dann machte er sich auf den Weg über den Platz. Er betrat den Schulhof. Ein paar Kinder sahen kurz zu ihm her, dann spielten sie weiter. Er schob die Tür zum Haupteingang auf. Langsam wanderte er über den Flur und blieb stehen, um die bunten Kunstwerke der Kinder zu bewundern, die an den Wänden hingen. Dann entdeckte er durch eine halb offene Tür Physis, die an ihrem Schreibtisch saß und arbeitete.

»Oh«, sagte sie und sie errötete leicht, als er hereinkam. »Ich hätte nicht gedacht ...«

»Kann nicht gut abfahren, ohne mich zu verabschieden«, sagte er schroff. »Dazu kennen wir uns zu lange.«

Sie nickte. »*1001* Tage«, sagte sie. »Ich habe sie gezählt.«

»Kann ich mir denken«, sagte er mit einem Lächeln. »Das war auch eine Leistung. Nicht viele können von sich sagen, daß sie über 1001 Tage ein ganzes Universum vor dem Untergang bewahrt haben.« Er stockte. »Um so mehr erstaunt mich, dass ... Warum haben Sie plötzlich aufgegeben? Warum sind Sie gestern nicht gekommen? Das ist doch sonst nicht Ihre Art.«

»Ach, es war ja auch gar nicht so plötzlich. Wissen Sie, eins hat mir die ganze Zeit zu schaffen gemacht. Zwar habe ich nie daran geglaubt, dass unsere Welt, nur weil sie alt ist, ausgelöscht werden soll – es ist eine wunderbare, großartige Welt und ich hoffe nur, dass sogar Sie das jetzt erkennen. Nein, es war dieser zweite Grund, der mich so beschäftigt hat: die Tatsache, dass alles so verwahrlost – und zwar durch unsere Schuld. Ich meine nicht etwa den allmählichen Verschleiß des Universums; das wird ohnehin in Millionen von Jahren nicht passieren. Nein, aber das, was wir unserer Erde antun – das ist so fürchterlich. Je mehr ich Ihnen über unsere Welt erzählt habe und über das wunderbare Geheimnis des Verstandes – dass wir uns der Welt bewusst sein können, dass wir uns an ihr erfreuen können –, desto mehr hat mich das Grauen gepackt. Diese Welt ist unsere Heimat – die Heimat, die uns Gott geschenkt hat –, aber schauen Sie sich an, wie wir sie zurichten. Wir verdienen gar keine solche Welt! Und dann das ganze dumme Zeug, das die Leute veranstalten, selbst wenn sie wissen, dass sie drauf und dran sind zu sterben! Haben Sie die Zeitungen gelesen? Und diese grässliche Autobahn, die unsere Landschaft ruiniert! Und dann schauen Sie mal ...«

Sie reichte ihm einen Stoß Mappen, die sie gerade zur Hälfte benotet hatte. Es waren Aufgaben der Kinder. Der Richter setzte sich auf einen Hocker und fing an zu lesen. Plötzlich klopfte es zaghaft an der Tür.

»Wer ist da?«, rief Physis.

Ein kleines Mädchen steckte den Kopf durch den Türspalt.

»Ja? Was gibt's, Sarah? Siehst du nicht, dass ich zu tun habe?«

Der Kopf verschwand. Kichern. Dann kam ein Junge herein.

»Bitte, Miss.«
»Ja, Jamie?«
Er kam herein und flüsterte Physis ins Ohr: »Bitte, Miss, wir wollen wissen, ob das der... Sie wissen schon... ob ER das ist.«
Sie lächelte. »Wenn du den Berufungsrichter von Anderswo meinst, ja, das ist er.«
Der Richter sah auf und grinste. »Hi, du bist also Jamie? Was machen denn so die Experimente? Bist du schon dicht an die Lichtgeschwindigkeit herangekommen?«
Die anderen Kinder hatten sich inzwischen hereingedrängt.
»Dürfen wir ihn mal anfassen, Miss?«, fragte Rebecca. »Weil er doch nicht echt ist.«
Der Richter lachte. »Ja, ihr könnt mich anfassen – das heißt«, fügte er hastig hinzu, »ihr könnt mir die Hand geben. Ich will nicht noch einmal eine Ohrfeige bekommen.« Er sah Physis vielsagend an.
»Finden Sie unsere Arbeiten gut?«, fragte Sarah.
»Ja, ja, sehr gut«, sagte er. »Geht's bei allen um das Thema Umwelt?«
»Ja«, piepste eine andere Stimme. »Ich hab das mit den Regenwäldern gemacht. Finden Sie es nicht schrecklich, was die Leute tun? Dass sie einfach alle Bäume abholzen?«
»Und was ist mit der Ozonschicht?«, sagte Jamie. »Da ist nämlich ein Riesenloch drin. Und wenn wir das nicht flicken, kriegen wir alle Hautkrebs.«
»Was ich wissen will: Was passiert eigentlich, wenn das ganze Öl verbraucht ist?«, fragte Sarah. »Wie können

dann noch Notarztwagen fahren, wenn es kein Benzin mehr gibt? Ich finde, wir dürfen Öl nicht für unnütze Dinge verschwenden wie ...«

»Und dann der saure Regen!«, rief ein anderer dazwischen. »Haben Sie gelesen, was ich darüber geschrieben habe? Es ist die grüne Mappe dort ...«

»Und ich will wissen, wie das mit den Küsten weitergehen soll? Stellen Sie sich mal vor, was neulich neben mir im Wasser schwamm, als ich ...«

»Nicht jetzt, Daniel«, unterbrach Physis. »Das haben wir schon ausführlich gehört – mindestens zehnmal ...«

»Aber nicht der Richter. *Er* hat es noch nicht gehört ...«

Ein strenger Blick von Physis und der Junge schwieg.

»Verstehen Sie, was ich meine?«, fragte sie den Richter ruhig. »Ist es ein Wunder, dass ich bedrückt war, als ich die Arbeiten las? Und es stimmt alles, das ist ja das Furchtbare ... es stimmt alles.«

»Ja, aber nicht mehr lange!«, rief Rebecca.

»Nicht mehr lange?«, fragte der Richter. »Äh ... was meinst du damit?«

»Na, Sie glauben doch nicht, dass wir uns auch mal so aufführen?«, entgegnete sie empört.

»Wohl kaum!«, fiel Jamie ein. »Warten Sie, bis ich Premierminister bin. Dann verbiete ich das alles! Wer die Ozonschicht zerstört, kommt sofort ins Gefängnis!«

»Und jeder, der Strände verdreckt!«, schrie Daniel dazwischen. »Also, wenn ich mal was zu sagen habe, dann stecke ich alle Leute mit ihren Nasen in ...«

»DANIEL!«, rief Physis. »Ich sag's dir nicht noch einmal.«

Als der Lärm verebbte, ließ sich ein leises Stimmchen hören. »Sir? Mr. Richter? Warum machen denn Erwachsene so schlimme Sachen? Wenn *wir* erwachsen sind, benehmen wir uns nicht so! Wir passen auf alles gut auf, wie sich's gehört.«

Es wurde still im Raum.

Physis wandte sich an den Richter. »Sie sollten bald fahren. Ich sehe, dass vor dem Roten Löwen ein Taxi auf Sie wartet. Aber ...«

»Ja?«

»Bevor Sie fahren ... Darf ich Sie noch um eines bitten?«

»Nur zu!«

»Vergessen Sie, was ich Ihnen über diese Welt erzählt habe. Es war dumm von mir, dass ich schlau sein wollte und jeden Tag versucht habe, Ihnen einen weiteren Tag abzuluchsen. Vergessen Sie auch die Schweinerei, die wir auf unserem Planeten angerichtet haben. Der Schaden *kann* wieder gutgemacht werden, wenn sich nur genügend Menschen mit aller Kraft dafür einsetzen. Unserer Generation wird das wohl nicht mehr gelingen. Wir sind mit schlechten Gewohnheiten aufgewachsen wie Habgier und Eigennutz, Gewohnheiten, die schwer zu überwinden sind. Ich schäme mich, das zuzugeben. Aber *diese* Generation hier könnte sich anders entwickeln. Das werden wir aber nur sehen, wenn man ihnen die Chance gibt. Und das heißt eben nicht: nur noch einen Tag länger oder 101 Tage oder sogar 1001 Tage ...«

Der Richter überlegte lange und gründlich.

Ein kleines Mädchen flüsterte Physis etwas ins Ohr.

»Nicht jetzt, Hannah.«
»Hm, was gibt's denn?«, fragte der Richter.
»Ach, nichts«, sagte Physis. »Hannah wollte nur wissen, ob sie auf Ihrem Schoß sitzen darf, wenn sie Ihnen ein Bonbon schenkt.«
Der Richter grinste. »Natürlich. Warum nicht? Na, dann komm mal her.«
Hannah kletterte auf seine Knie. Schweigend betrachtete der Richter das Meer von Gesichtern. Nach einer Weile sagte er: »Euer Universum ist ein sehr altes Universum. Gewöhnlich machen wir ... ein Ende mit solchen Universen. Das ist nur zum Besten. Es schafft Platz für neue. Aber Miss Physis, eure Lehrerin, hat mir klargemacht, dass euer Universum wirklich ziemlich außergewöhnlich ist. Das Problem ist nur, dass ihr ... äh, ich meine nicht *euch*, sondern die Erwachsenen ... also, dass sie es nicht richtig in Schuss halten. Jetzt sagt *ihr*, ihr werdet es anders machen, wenn all die wichtigen Entscheidungen erst mal bei euch liegen. Aber wie soll ich wissen, ob das stimmt? Wie soll ich wissen, ob ihr nicht genauso habgierig und eigennützig werdet wie die Erwachsenen?«
Großes Schweigen. Da meldete sich Chris, einer der älteren Jungen, der die Dorfschule bald verlassen und zur Schule in der Stadt gehen würde.
»Gar nicht«, sagte er. »Sie können es nicht wissen. Nicht mal wir können sicher sein, wie wir später werden. Aber wir verdienen eine Chance. Das ist doch nur gerecht, oder? Sie müssen uns vertrauen. Ganz einfach: Sie müssen uns vertrauen.«
Lange und eingehend sah der Richter erst ihn an,

dann die anderen Kinder, dann Physis. Plötzlich erhellte ein Lächeln sein Gesicht.
»O. k. O. k., ich habe mich entschieden«, sagte er. »Ihr sollt euren Willen haben. Kein E-Day also. Keine Extermination.«
Die Kinder jubelten. »Dürfen wir heimgehen und es unseren Müttern erzählen?«, riefen sie.
Der Richter nickte. »Warum nicht?«
Alle stürmten aus dem Raum, alle außer Hannah, die zufrieden auf dem Schoß des Richters sitzen blieb.
»Denkt daran, dass ihr vorsichtig über die Straße geht!«, rief Physis hinter ihnen her.
Der Richter seufzte. »Wohlgemerkt, wenn ich sage ›keine Extermination‹, dann meine ich damit: Fred wird die Menschen nicht ausrotten. Das heißt aber nicht, dass sie sich nicht selbst ausrotten können.«
Er sah auf Hannah nieder, die sich den Mund voller Bonbons gestopft hatte und geräuschvoll schmatzte. »He, ich glaube, das waren jetzt genug für einen Tag«, sagte er. »Allmählich musst du wieder anfangen, dich um deine Zähne zu kümmern!«

Epilog
Nur ein Anfang ...

Bevor der Richter das Universum verließ, rief er alle klugen Naturwissenschaftler der Welt zu einer Versammlung zusammen.
»Physis zeigte mir, dass euer Universum wirklich höchst bemerkenswert ist«, sagte er. »Ich denke, es ist nur recht und billig, dass jeder davon erfährt. Hören Sie also gut zu, was sie zu sagen hat, und schreiben Sie es in ein Buch, damit es auch alle lesen können.«
Die Professoren sahen einander an und kicherten verstohlen. »Verzeihung, Sir«, sagte einer, ein besonders berühmter Wissenschaftler, der schon viele Preise und Auszeichnungen für seine Arbeit bekommen hatte. »Sie scheinen nicht zu wissen, dass wir das längst getan haben.«
»Ach ja?«, sagte der Richter. »Sehr gut.«
»Ja. Wir nennen diese Art von Büchern *Physikbücher*. Sollten Sie sich über diese Bezeichnung wundern: Das Wort *Physik* leitet sich von der femininen Form des griechischen Wortes *physis* ab, das ›Natur‹ bedeutet oder ›Die natürliche Ordnung‹ ...«
»Schon gut, schon gut. Schluss mit der Angeberei«, sagte der Richter gereizt. »Wo sind diese Bücher? Ich möchte sie mir ansehen.«

»Selbstverständlich.«

Und sie schleppten einen Stapel schwerer Bücher an. Der Richter blätterte eine Weile darin herum, dann sah er unwillig auf.

»Soll das ein Witz sein oder was? Ich verstehe ja kein einziges Wort«, sagte er finster. »Sie scheinen in einer Fremdsprache geschrieben.«

Die Professoren musterten ihn verächtlich.

»Das mag Ihnen vielleicht so vorkommen«, sagte ihr Sprecher hochmütig lächelnd. »Genau genommen handelt es sich um *Mathematik*. Wir schreiben unsere physikalischen Erkenntnisse in der Sprache der Mathematik nieder. Es ist bei weitem die beste Sprache, wenn es um Physik geht, das können Sie uns abnehmen – sie ist exakt und präzise in ihrer Bedeutung.«

Die Professoren sahen einander lächelnd an und nickten zur Bestätigung.

»Ich verstehe«, sagte der Richter. »Und kennen viele Leute diese Sprache?«

Bei dieser Frage rutschte der Sprecher unbehaglich auf seinem Stuhl hin und her. Er warf seinen Kollegen einen kurzen Blick zu, dann sagte er verächtlich: »Nun, Sir, nicht so viele, wie wir es uns wünschten – um es einmal so auszudrücken.«

»Ist mir egal, wie Sie es ausdrücken. Verstehen das normale Menschen, keine Professoren, ich meine ganz normale Leute? Verstehen die das?«

»Also, ich bin überzeugt, sie *könnten* es, wenn sie es nur versuchen würden ...«

»Und noch etwas«, unterbrach der Richter. »Bei den

Abschnitten hier, die ich so grade noch verstehen kann, gefällt mir der Ton nicht. Das klingt alles so selbstgefällig und eingebildet.«

»Selbstgefällig?«

»Jeder, der das liest, wird glauben, dass alles längst festgelegt ist, dass die Wissenschaftler alle Antworten kennen und dass es für andere, für Junge, nichts mehr zu entdecken gibt. Aber von Physis habe ich das ganz anders gehört. In eurer Welt steckt noch viel Interessantes, sie ist viel geheimnisvoller und rätselhafter, als ihr denkt.«

Der Richter schlug die Bücher geräuschvoll zu und schob sie den Professoren zu.

»Nein«, verkündete er. »Das reicht nicht. Sie sind überhaupt nicht so, wie ich es mir vorgestellt hatte.«

Seine Augen funkelten. »Ich weiß!«, sagte er. »Dafür, dass euer Universum nicht vernichtet wird, stelle ich hiermit eine Bedingung: Von jetzt an müssen alle Physikprofessoren der Welt bei Physis Unterricht nehmen und von ihr lernen, wie man Physik interessant erklärt!«

»WAS?«, schrien sie entsetzt auf. »Wir ... *wir* sollen Unterricht nehmen? Wir sind doch PROFESSOREN!«

»Und wenn schon. Sie können drüben in der Schule sitzen, neben den Kindern.«

»Aber ... Aber da passen wir gar nicht alle rein. Wir sind zu viele ...«

»Dann müsst ihr euch eben abwechseln!«, brüllte der Richter. »Zum Donnerwetter, macht das untereinander aus!«

Kopfschüttelnd gingen die Professoren davon.
Später an diesem Tag sah man zwei Gestalten auf der Bank am Dorfplatz sitzen.
»Das ist jetzt also wirklich unser Abschied, Physis«, sagte der Richter. »Aber ... eines ist mir noch nicht klar, und zwar, dass Sie neulich nicht gekommen sind. Hatten Sie wirklich die Hoffnung aufgegeben? Oder wollten Sie nur auf Ihre schlaue Art erreichen, dass ich in die Schule komme und Ihre Kinder besuche ...?«
Physis wollte schon antworten, da hob er die Hand und winkte ab.
»Nein«, sagte er. »Erklären Sie nichts. Wir wollen es einfach als eines Ihrer vielen kleinen Geheimnisse betrachten.«
Sie schmunzelte. »Wenn ich darf«, sagte sie, »würde ich Sie gern noch eines fragen, bevor Sie abreisen.«
»Natürlich. Was denn?«
»Also, wenn Gott unser Universum und andere Universen erschuf, wie kommt es dann, dass ...«
»... dass es die Vereinigung ist, die sich um ihre Existenz und Nichtexistenz kümmert?«, schlug er vor.
»Ja. In welchem Rang steht die Vereinigung eigentlich?«
»Das ist eine interessante Frage«, sagte der Richter mit einem vielsagenden Lächeln. »Eine Frage, die ich mir selber schon oft gestellt habe. Wissen Sie, was ich glaube? Ich sollte Ihnen das gar nicht sagen«, flüsterte er und warf einen verstohlenen Blick über seine Schulter, »aber ich glaube, die Vereinigung ist nur eine Scheinfirma.«
»Eine was?«

»Eine Scheinfirma, also eine Einrichtung, die sozusagen verschleiern soll, wer in Wirklichkeit verantwortlich ist, wer in Wirklichkeit die Fäden in der Hand hält. Ich glaube, dass es hinter den Kulissen jemanden gibt, der im Grunde auch die Vereinigung steuert. Einer, der sich von ihr die Universen beseitigen lässt, für die er keine Verwendung mehr hat. Auf diese Weise kann er es trotzdem jedem selber überlassen zu entscheiden, ob Gott existiert oder nicht. Raffiniert, eh? Aber das bleibt unter uns.«

Piep! Piep! . . . Piep! Piep!

»O. k., Fred. Ich bin schon unterwegs.«

»Ha! Das hab ich schon mal gehört!«, gab Fred zurück.

»Nein, nein. Diesmal meine ich es ernst. Sieh mal, da hinten – das ist mein Taxi. Da fällt mir ein, wie lange wartet das schon? Hoffentlich habe ich genug . . .« Er kramte in seiner Tasche.

»Das ist vielleicht toll, Sir!«, sagte Fred. »Sagen Sie, haben Sie das schon gesehen?« Auf dem Bildschirm des Videofons war zu erkennen, wie er einen ellenlangen Computerausdruck hochhielt. »Wie finden Sie das?«, rief er aufgeregt. »Direkt aus der Zentrale. Der Entsorgungsrückstand für schrottreife Universen seit 1001 Tagen! Ha! Jetzt frage ich Sie: Da werden ja wohl ein paar satte Überstunden für Fred dabei sein, eh? Bis dann!«

Das war das Letzte, was Physis von Fred sah und hörte. Der Taxifahrer konnte ordnungsgemäß bezahlt werden. Die Kinder fragten oft nach dem Mann aus Anderswo. Sie fanden die Professoren im Unterricht ganz gut, aber unbrauchbar, wenn es um Spiele in der Pause ging. Der Wirt des Roten Löwen verdiente ein Vermögen, indem er den doppelten Preis für das Zimmer verlangte, in dem ›sein alter Freund, der Richter‹ gewohnt hatte. Der Richter selbst kam gut nach Hause. Er beschwerte sich über das Hologramm und bekam einen Ersatz (wobei er noch Glück hatte, denn auf das alte gab es genau drei Jahre Garantie). Danach widmete er seine besondere Aufmerksamkeit sofort wieder den Universen auf der Liste der Vereinigung. Und was die Zukunft unserer Welt angeht, so kommt es ganz darauf an ...